Dieses Buch widme ich meinen
Eltern Marianne und Karlheinz Thiel.
(Herausgegeben aus Anlass des 75. Geburtstag meines Vaters)

Impressum

© Werner Thiel, 2008

Herstellung und Verlag:
Book on Demand GmbH, Norderstedt
ISBN 978-3-8334-8185-7

Danksagung:
Ich bedanke mich bei Herbert Uhde (Emsdetten)
für die Textkorrektur.

Umschlaggestaltung und Textlayout:
Norbert Lauterbach, München, www.nokidesign.de

Bibliographische Information
Die Deutsche Bibliothek verzeichnet diese Publikation in der
Deutschen Nationalbibliographie; detaillierte bibliographische
Daten sind im Internet über http://ddb.de abrufbar.

Eine Leiche im Fürstenberghaus

Die Handlung dieses Romans spielt im September 2005

Werner Thiel

Roman

Inhalt

Wetter Bericht

Regen! Wieder Regen! Aber, was denn auch sonst? Was sollte ansonsten vom Himmel kommen, hier in Münster? Hier gab es doch nur dieses eine Wetter! Der Sommer unterschied sich vom Winter doch nur dadurch, das der Regen nicht ganz so dicht vom Himmel fiel und ganz, ganz selten auch als Schnee. Irgendwie hielten sich die Münsteraner mit einer angeborenen Vorliebe an dieses Vorurteil. Daran, dass Münster so etwas wie das Duschbecken der Republik sei. Man hatte sich daran gewöhnt. Der Regen war zum lokalen Nationalsymbol geworden. Es hatte fast schon religiöse Züge, dieses Regenthema, wenn es in einem beliebten Sprichwort, das jeder Münsteraner und nach wenigen Wochen auch jeder Zugezogene kennt, mit dem Läuten der überwiegend katholischen Glocken gleich gesetzt wird. Da war es auch nicht weit, dass Filmemacher des öffentlich-rechtlichen Fernsehens in ihren mehr oder weniger gelungenen Beiträgen dieses Sprichwort mit verwursten. Einheimische und Neubürger vergessen dabei viel zu schnell die schönen Sonnentage zwischen Schlossgarten und Kanalwiesen. Also, mal wieder Regen. Er wird sich auch daran gewöhnen – wie immer – und sich über jeden aufkommenden Sonnenstrahl freuen. Der Blick aus dem Fenster seines Büros im Polizeipräsidium bot aber auch sonst keine Stimmungsaufbesserung. Zwischen den Regenfäden erblickte er den Autohof der Polizei Münster, besser, er wußte, dass derselbe dort lag und dass sich von Tag zu Tag dort wenig verändert. Eine graue, asphaltierte Fläche, umgeben von einer hohen Mauer aus roten Ziegelsteinen. Auf der Mauer lagen in Halterungen NATO-Drahtrollen. Diese hatte schon der Vorgänger des heutigen Polizeipräsidenten in den heißen 70er Jahren anbringen lassen und sie dienten heute dazu, Münsters Handvoll Autonome nicht auf dumme Gedanken kommen zu lassen. Außer den Dienstwagen in grünweiß oder grünsilber standen an der hinteren Wand zur Straße hin, noch einige Sondereinsatzwagen. Auch zwei Wasserwerfer erinnerten an längst vergangene Tage, als auf Münsters Straßen noch gegen Atomkraft und Nachrüstung oder für Hausbesetzer demonstriert wurde. Lang ist´s her. Die Aktiven von damals waren in das bürgerliche Leben von Münster, Bielefeld oder gar Berlin eingetaucht. Einzelne hatten bei SPD und Grünen Karriere gemacht oder zumindest ein warmes Plätzchen ergattert. Und er, der Polizeioberkommissar Eduard Schimpanski? Er saß an seinem Schreibtisch und kämpfte mit seinem Überdruss an der ach so wichtigen Arbeit für Recht und Ordnung in der westfälischen Universitätsstadt. Etwas gelangweilt schaute er in die Unterlagen, die ihm Kommissaranwärterin Dierkes gebracht hatte. Ein Beleidigungsverfahren gegen irgendeinen Schreiberling, der in einer dieser studentischen Blättchen etwas geschrieben hatte, das einer der vielen akademischen Wichtigtuer in der Stadt für beleidigend ansah und gleich eine Anzeige los lies. Wer sonst keine Probleme hat, der ist ständig auf der Suche nach solchen, so schien es ihm, beim Studieren der Unterlagen. „Die geben mir jetzt aber auch jeden Mist auf den Schreibtisch", dachte er. Da drei Kollegen auf einer Fortbildung waren – Terrorismusgefahr! – und drei weitere das nasse Wetter zu einer gehörigen Grippe verdonnert hatte, hielt er allein die Stellung.

Und so kam es, dass ihm jedes etwas merkwürdige Thema auf den Tisch gepackt wurde. Einen Schreibtisch, der auch einem Polizeipräsidenten gestanden hätte. Aus bestem Nussbaumholz gefertigt. Mit einer Tischplatte, an der zwei oder drei Menschen hätten arbeiten können. Nachdem der neue Polizeipräsident Hans Winter sein Büro neu geordnet hatte, war dieser Schreibtisch plötzlich über. Aber wo sollte er hin? Die Büros der anderen Leitenden waren eingerichtet, für einfache Büroräume war der Tisch eindeutig zu groß. Von einem Kollegen erfuhr Schimpanski von dem Tische und der Unterbringungsproblematik. Da griff er beherzt zu, denn sein Büro hatte eine Ausdehnung, die es in sich hatte. Der Raum war vor 20 Jahren für die damals leistungsstärksten Computereinheiten zur Verbrechensbekämpfung eingerichtet worden. Mit den Jahren sank das Volumen der Speichereinheiten und damit die Notwendigkeit für diese Raumnutzung überflüssig. Da die Fenster des Büros nach Nordosten ausgerichtet waren und der Blick lediglich auf den Hof ging, war er bei niemandem beliebt. Nur am frühen Morgen und auch nur im Sommer fiel etwas Sonne direkt durch das Fenster. Dafür war es in Sommer angenehm kühl, was auch einige Kollegen sehr angenehm fanden und bei kleineren Besprechungen in sein Reich kamen. Diese Gelegenheit bei der Raumvergabe nutzte er und griff zu. Mittels einiger Möbelstücke, welche er dem Hausmeister des Präsidiums, aus seinem Lager abschwatzte, hatte er sein Büro leidlich gemütlich eingerichtet. Das wichtigste Ensemble für ihn war eine Sitzgruppe mit zwei Sesseln, einer Couch und einem passenden Tisch. Diese Möbelstücke wurden für Besprechungen mit Kollegen, Verhöre und machmal – in letzter Zeit öfter - auch als Notbett genutzt. Seitdem Katrin vor vier Wochen mit großem Getöse die gemeinsame Wohnung aufgab und die Beziehung beendete, war es in seinem Leben ruhiger geworden. „Was soll diese blöde Klage hier eigentlich", dachte er und schloss den Aktendeckel. Gibt es in Münster keinen wichtigeren Fall für ihm? Oder ist sie nur deshalb so schnell auf seinen Schreibtisch gekommen, weil der Herr Museumsdirektor Gilbert Rommé dahinter steckt? Der Leiter des Stadtmuseums hatte im Sommer maßgeblich an der Gestaltung der 1200-Jahr-Feier des Bistums Münster mitgewirkt. Neben zwei Ausstellungen in Diözesanmuseum und Kunstmuseum des Landes hatte sein Stadtmuseum die archäologisch-historische Darstellung zum Bistumsgründer Liudger präsentiert. Das kommerziell erfolgreiche Bistumsjubiläum hatte Rommé von einem Empfang mit hohen Persönlichkeiten aus Wirtschaft und Politik zum nächsten hetzen und seine Bedeutung stark ansteigen lassen. Da kann selbst die kleinste Kritik schon für heftige Reaktionen sorgen. Oberkommissar Schimpanski schien dies bei der Beleidigungsklage gegen den Schreiber einer kritischen Geschichtsdarstellung der Fall zu sein. Aber ihn persönlich interessierte dieser Fall überhaupt nicht. Er langweilte ihn mehr. Da werden sich Richter und Rechtsanwälte über mehrere Sitzungstermine im Gericht treffen, Argumente und Gegenargumente vortragen, ein Richter wird sie sich gelangweilt anhören und irgendwann in einigen Monaten gibt es einen Vergleich. Und wegen so einer Petitesse setzt man den Polizeiapparat in Bewegung. Nachdem er die Klage von Stadtarchäologin Doktor Caroline Dickens und die Stellungnahme des Beklagten Walter von Theile gelesen hatte, legte er die Akte gelangweilt zurück. Ein gepfefferter Gartenzaunkrieg ist ihm sehr viel lieber, denn da ist leben drin und der Unterhaltungswert der Akten ist deutlich höher als in diesem akademischen Geschreibsel. Gelangweilt stand er auf, verließ das Büro und ging durch den Flur bis zum Arbeitszimmer von Kommissaranwärterin Dierkes. „Schönen Tag Kollegin." „Danke, ebenso Herr Oberkommissar. Was gibt's?" „Ach, diese Beleidigungsklage, die man mir auf den Tisch gegeben hat. Ich frage mich, was diese Leute sonst noch für Probleme haben." „Warum hat man Ihnen diesen Fall überhaupt gegeben? Sie sind doch für solche Angelegenheiten gar nicht zuständig." „Ach, der Herr Polizeirat meinte, da ja kein Mord anliege, könnte ich den Kollegen helfen und diese kleine Arbeit übernehmen. Solche Hilfsaktionen sorgten für eine positive atmosphärische Stimmung zwischen den Abteilungen. Soll er denken, mich langweilt diese Sache." „Aber Morde sind rar in Münster. Schlägereien am Haferkamp und im Hafen gibt's, die eine oder andere Familienstreiterei, aber einen richtigen Mord mit allem drum und dran? Fehlanzeige." „Der Münsteraner ist von sich aus ein ruhiger Mensch und deshalb für solche Gewalttätigkeiten nicht geeignet", klärte der Kommissar seine junge Kollegin auf. „Ja, wenn man ins Fernsehen schaut, die „Tatort"-Folgen oder die Detektiv-Serie, ..." „Lassen Sie mich damit in Ruhe. Es reicht mir schon, wenn Freunde und Bekannte nach solchen Fernsehsendungen meine Meinung hören wollen. Wie ich denn mit dem Fall umgegangen wäre. Ob ich den Verdächtigen auch so behandelt hätte. Wie denn bei uns Verhöre ablaufen. Und so weiter und so fort. Es ödet mich an." Die Kommissaranwärterin schwieg einige Sekunden, überrascht von diesem Gefühlsaufbruch des Kommissars. „Wollen Sie auch einen Kaffee?", fragte sie statt dessen, auch um das Gespräch weiter zu führen. „Ja, danke", antwortete Schimpanski und griff zu. Die warme Welle durch Mund und Hals in den Magen hob seine Stimmung deutlich. „Das tat gut. Jetzt geht es mir wieder besser." „Das ist schön. Kann ich sonst noch etwas tun?" „Ach je, dieser Akt. Ja, schauen Sie doch mal im Internet auf den Seiten vom „Semesterfokus" nach, diesem Blättchen vom ASTA, ob da irgendein Text von einem Walter von Theile abgespeichert ist. Drucken Sie mir alles dazu aus." „Wird gemacht, ich bringe es Ihnen ins Büro." „Danke, aber ich werde für heute Schluss machen. Die Akte wird ja bis morgen nicht verschwunden sein und so wichtig ist die Angelegenheit auch nicht." „Warum wollen Sie denn bei dem Wetter nicht arbeiten?" „Ach, werde mal beim Dom vorbei schauen und ein Kerze für besseres Wetter anzünden", antwortete

Schimpanski. „Herr Kommissar, ich wußte ja nicht, dass Sie so gläubig sind."
„Alle Münsteraner sind gläubig. Nur nicht alle an glauben an dasselbe." Die
Idee, jetzt einige seiner Überstunden abzubauen, fand er richtig. Warum hatte
man ihm auch diese blödsinnige Klagesache auf den Tisch gelegt. Da war ein
Fahrraddiebstahl interessanter als diese Beleidigungsgeschichte unter Akademikern. Aus der Tür des Präsidiums kommend, umgab ihn sofort der Lärm
des Autoverkehrs vom Friesenring. Unter dem Vordach links vom Eingang
standen in einem Fahrradständer einige Räder. An diesen ging er vorbei, folgte
der so oft gesehenen roten Mauer und bog in die Einfahrt zum Hof ein. Hier,
direkt hinter dem Tor links stellte er seit Jahren sein Fahrrad ab, ohne dass es
ihm bisher gestohlen worden war. Aber welcher Dieb geht auch schon auf
dem Parkplatz des Polizeipräsidiums auf Raubzug? Auf dem Fahrrad sitzend,
bog er vor der Ausfahrt nach links und wartete an der Fußgängerampel die
Grün-Phase ab. Er mochte diese breiten Straßen mit vier und mehr Fahr-
bahnen nicht. Viel lieber fuhr er durch die ruhigen Anwohnerstraßen der Innenstadt, zumal man mit dem Rad dort sehr viel schneller voran kam. Sowohl
zur Arbeit als auch zu so manchem Tatort fuhr er mit dem Fahrrad. Dabei
hatte er feststellen können, dass die Kollegen trotz Sonderzeichen, im Volks-
mund Blaulicht und Martinshorn genannt, später am Ziel ankamen. Er kannte viele Schleichwege und die meisten Straßen. Wenn er wußte, wo er hin
mußte, suchte er sich in Gedanken den Weg aus und fuhr die kürzeste Strecke.
Dabei war die Promenade ein wahres Wundermittel zur Verteilung der Rad-
fahrermassen in der Stadt. Eine richtiger Verteilerring für den zweiräderigen
Verkehr von Münster um die historische Altstadt. Er wollte sich nicht ausma-
len was wäre, wenn es diesen Radweg auf den Fundamenten der ehemaligen
Stadtbefestigung nicht gäbe. Um zu seiner Wohnung zu gelangen, fuhr er natürlich nicht quer durch die Innenstadt. Fußgängerzone, Kopfsteinpflaster
und genervte Autofahrer kurz vor dem Amoklauf waren Hindernisse und
Gefahren, die er auf der Promenade umfahren konnte. In Höhe vom Landes-
haus verließ er die Promenade, überquerte die Fürstenbergstraße und nutze
verschiedene Nebenstraßen, um die Warendorfer Straße zu erreichen. Vorbei
an Umwelthaus und DGB fuhr er zur Wolbecker Straße. Über die Emdener
Straße erreichte der Kommissar seine Wohnung am Hansaring.

Tat-Sache

Das war typisch Münster, dachte Oberkommissar Schimpanski im Halbschlaf kurz vor dem Aufwachen. Als er sich am Abend in sein einsames Bett gelegt hatte, war er vom Geräusch prasselnder Regentropfen in seine Träume begleitet worden. Beim Aufwachen merkte er sofort den Unterschied. Durch die Spalten der Jalousie lugten kleine Sonnenstrahlen ins Zimmer hinein. Dies animierte ihn umgehend aufzustehen, am Band der Fensterläden zu ziehen und der Sonne den Weg in seine Wohnung zu öffnen. Sogleich besserer Laune, nahm er die üblichen Maßnahmen zur Menschwerdung am Morgen in Angriff. Kaltes Wasser ins Gesicht, Wasser erwärmen für den geliebten und notwendigen schwarzen Tee und das gut gekochte Ei zum Frühstück. Einem Einfangen von möglichst vielen Sonnenstrahlen glich die anschließende Fahrt zum Präsidium. Fahrende und parkende Autos, die sein Fortkommen behinderten, konnten seine gute Stimmung nicht beeinflussen. Das er, der Polizist, dabei einigen Wagenführern etwas zu scharf ins Gehege kam, machte ihm keine Probleme, wer bei so einem Wetter innerhalb Münsters mit dem Auto fuhr, hatte eben die Folgen zu tragen. Schon von Weitem erkannte er, das sich etwas in der Nacht getan hatte. In der Einfahrt zum Hof und auf dem Fußweg standen Einsatzfahrzeuge. Beim Betreten bedrängten ihn hektisch umher laufende Kollegen aus dem Drogendezernat. „Schimpi, mach mal Platz, wir sind bei der Arbeit", rief man ihm mit seinem wenig geliebten Spitznamen zu. „Ja, ja, will Euch auch nicht aufhalten", gab er zurück. „Wo ist denn was geschehen?" fragte er Karl-Rudolf Blümcke, den Pförtner des Präsidiums, „Haben sich die lieben Kollegen mal wieder einen aufmunternden Nachtdienst angetan?" „Sie wissen es nicht? Gestern, das Konzert in der Halle. Irgendeine Gruppe mit englischem Namen und schwarzer Kluft hatte ihren Auftritt", informierte Blümcke, „Danach haben die Kollegen eine Kontrolle auf Alkohol und Drogen durchgeführt." „Wie ich sehe mit durchschlagendem Erfolg", kommentierte der Kommissar die Information und das Gesehene. „Aber, das ist doch schon üblich. Warum die nicht weiter nachdenken, diese Fans, dass der starke Arm des Staates danach besonders nahe ist." Zufrieden darüber, das er nicht an dieser Aktion teilnehmen mußte, ging er in sein Büro. Auf dem Schreibtisch lagen einige Seiten, Ausdrucke von einer Computerseite, herum, versehen mit einem Gruß von Kommissaranwärterin Dierkes: „Hier das Corpus Delicti zur Beleidigungsklage." Er schaute sich die Seiten durch, nur Text, auf ungefähr 40 Seiten, ohne eine Ordnung, und ihm kam die Überlegung, ob nicht das Verhör eines der Drogenkonsumenten interessanter ist als dieses trockene Papier. In den nächsten Stunden beschäftigte er sich mit den Text, zumindest versuchte er es, sich durch die wissenschaftlichen Passagen aus Zitaten und Interpretationen zu wühlen. Über jede Unterbrechung dieser langweiligen Arbeit erfreut, half er gern Kollegen, die ihn baten, für sie kleine Aufgabe zu erledigen, „wegen der Belastung durch die Verhöre, Du verstehst." Ein freundliches Lächeln und ein kurzes „Ja natürlich" sorgten bei seinem Gegenüber gleich für eine bessere Stimmungslage. Für ihn waren diese Hilfen eine Ansammlung von Argumenten in jenen Fällen, in denen er die lieben Kollegen auch mal wegen des einen oder anderen Gefallens anfragen müßte. Ein Darlehen, dessen Zinsen er dann einholen konnte. So schaffte es der Kommissar, den Mittag und den damit einher gehenden Gang in die Kantine zu erreichen. Zu Mittag aß er nie sehr viel. Wenn er dies tat, so war er für einige Zeit am Nachmittag nur noch halb zu gebrauchen, er hatte ein Konditionstief gegen 14 Uhr. Deshalb hielt er sich mehr an Salate wegen der Vitamine und für den Magen Kartoffeln oder Pommes. Nachdem er zurück in seinem Büro war, setzte er sich an seinen Tisch, drehte den Stuhl zur Seite, machte es sich gemütlich und öffnete den aus der Kantine mitgenommen Becher Joghurt. Diesen in Ruhe genießend, durchdachte er den ihm anvertrauten Fall, die Beleidigungsklage der drei Stadthistoriker gegen einen Sozialwissenschaftler aus Warendorf. Auf diesen Fall konnte er jedoch nur noch wenige Gedanken verschwenden, denn plötzlich wurde sehr laut an seine Tür geklopft, umgehend diese geöffnet und Kommissaranwärterin Dierkes stand etwas außer Atem im Rahmen. „Herr Kommissar, Polizeirat Elmar Koch muss Sie umgehend sprechen. Es geht um einen neuen Fall." „Mich sprechen? Da hat er aber mächtig Druck, wenn er mich sprechen will", kommentierte er seine Kollegin. Dann schwang er sich aus seiner Ruheposition, stellte den Joghurtbecher auf den Tisch, nahm einen

Notizblock und einen Kuli und ging aus dem Büro. Wie schon so manches Mal zuvor, folgte er dem Flur bis zum Treppenhaus, ging in den dritten Stock hinauf, klopfte an der Vorzimmertür seines Chefs und öffnete, ohne auf das „Herein" zu warten, die Tür. „Herr Oberkommissar Schimpanski, Sie sind mal wieder so stürmisch, dass Sie mich erschreckt haben", reagierte Cordula Nolte, die Sekretärin von Polizeirat Koch, auf sein Eintreten. „Liebe Frau Nolte, Sie wissen, dass dies nicht meine Absicht ist, sondern ich nur dem dringenden Ruf meines geliebten Chefs folge. Ist er denn in seinem Büro?" „Ja, er erwartet Sie, gehen Sie nur hinein", erwiderte Frau Nolte und drückte dabei auf einen der vielen Knöpfe an ihrem Telefon. Polizeirat Koch stand am Fenster und schaute auf die Grünanlagen des Präsidiums und den Friesenring herunter. Beim Eintreten des Kommissars drehte er sich um und lächelte ihm entgegen. „Ja, Herr Oberkommissar, Sie sind ja wieder schneller als die Polizei erlaubt." „Wie es so meine Art ist, Herr Polizeirat." „Das ist heute auch gut so, denn es geht um einen neuen Fall für Sie." „Ein neuer Fall? Ich habe noch diese Klage wegen Beleidigung zu bearbeiten ..." „Das kann warten, es gibt für Sie weit aus Wichtigeres. Es geht um Mord!" „Oh, ähm, habe ich Sie richtig vernommen? Mord? In Münster?" „Ja. Nicht nur das. Es geht nicht nur um Mord in Münster, sondern um Mord an der Universität!" „Oh, Mord an der Uni? In Kinderhaus oder Gievenbeck, dass schon, aber an der altehrwürdigen Universität?" „Ja, an der Westfälischen-Wilhelms-Universität. Der Notruf kam vor einer Stunde. Es ist zuerst ein Streifenwagen und ein Notarztwagen hin gefahren. Na, ja, Sie wissen schon." „Stimmt, man muss nicht sofort mit dem ganzen Apparat anrücken." „Stimmt, aber da gibt es eine Leiche in der Uni." „Und die liegt nicht bei Professor Schulze-Beckmann?" „Nein, nicht bei den Rechtsmedizinern, sondern im Fürstenberghaus, bei den Historikern." „Ich werde sofort hinfahren. Ist die Spurensicherung schon informiert worden?" „Ja, die sind wohl schon bei der Arbeit." „Äh, ja, da hätte ich noch eine Frage." „Ja, was?" „Warum ich?" „Was?" „Warum habe ich den Fall bekommen?" „Na, wer denn sonst? Ihre Kollegen sind auf Fortbildung oder liegen krank zu Hause, die Drogenhunde haben den Bau voll Gäste und das Dezernat für Fahrraddiebstahl hat auch nicht die richtigen Kollegen für diesen Fall." „Danke, Herr Polizeirat." „Wofür? Danken Sie mir nicht zu schnell, wer weiß, was ich Ihnen da aufgebürdet habe. Und jetzt weg mit Ihnen, Schimpanski!"

Der Kommissar wußte, dass man zum Fürstenberghaus am schnellsten mit dem Fahrrad kommt, warum also einen Dienstwagen nehmen? Er schnappte sich sein Rad und genoss den sonnigen Weg zu seinem, jawohl, zu SEINEM, neuen Einsatzort. Ein Mord in Münster, das war schon etwas. Gut, im Fernsehen gab es alle paar Wochen einen oder mehrere Morde in Münster. Der Tatort im „1." und die Detektivgeschichten im „2." ließen Münsters Straßen als Klein-Chicago erscheinen. Die Tatsachen sagten etwas anderes aus. Während in Filmen ein halbes Dutzend Morde pro Jahr geschahen, gab es in der Realität polizeilicher Statistiken so gut wie keine Morde. In Münster gab es im vergangenen Jahr gerade mal einen versuchten Mord und zwei versuchte Totschlagdelikte, von denen einer als gefährliche Körperverletzung abgeschlossen wurde. Deshalb war er sich, als er durch die Finkenstraße auf die Promenade zu fuhr, der Besonderheit der Situation und seiner Aufgabe voll bewußt. Vom Verkehr darf man sich in Münster auch durch solche Gedanken nicht ablenken lassen. An der Ecke mit der Studtstraße wußte er um die flotten Automobilisten, welche diese Straße als Schleichweg zum Neutor und zur Autobahn nutzten. Im schmalen Fußweg zwischen Heerdestraße und Lazarettstraße wäre es fast passiert und er wäre in das Fahrrad einer alten Dame hinein gefahren. Ihre Einkaufstaschen, an beiden Lenkerarmen hängend, ließen das Zweirad so sehr wanken, das ein Überholen zu gefährlich war. Erst in der Lazarettstraße konnte er wieder schneller Fahren und die Promenade erreichen. Diese überquerte er und fuhr, unter Nichtbeachtung der „Rot"-anzeigenden Fußgängerampel in die Kreuzstraße ein. An „Pinkus Müller" vorbei, in die Frauenstraße hinein, eine bekannte Filmkulisse rechts liegen lassend, bog er rasant an der Überwasserkirche zur Aa hin ab. Schon beim Erreichen des Domplatzes konnte er sehen, das am Fürstenberghaus etwas besonderes los war. Mehrere Polizeiwagen hatte man mit eingeschaltetem Blaulicht auf dem Fußweg abgestellt. Rot-weißes Trassierband der Polizei sperrte den ganzen Bereich vor dem Haus bis zum Denkmal des ehrenwerten Herrn Fürstenberg ab. Ins Gebäude hinein kam niemand, und jeder, der heraus wollte, mußte sich ausweisen und seine Tasche vorzeigen. Das erzeugte einen zusätzlichen Auflauf unter dem Vordach und im Windfang des Universitätsgebäudes. Der Kommissar fuhr zügig zum Eingang, stieg vom Fahrrad und zeigte einem der dort stehenden Verkehrspolizisten seinen Ausweis. „Wo ist denn der Tatort?", fragte er einen uniformierten Kollegen, nachdem er ordentlich sein Fahrrad im Ständer verstaut hatte. „Das weiß ich auch nicht, aber gehen Sie mal in die Halle und dann ist das irgendwo links." „Danke!", sagte er und durchquerte den Windfang zur Halle. „Kollege, Oberkommissar Schimpanski, können Sie mir sagen, wo der Tatort ist", fragte er einen weiteren Beamten, der hier Studenten, die das Haus verlassen wollten, kontrollierte. „Ja, ich war schon dort. Walter, mach hier mal weiter, ich muss den Kommissar begleiten", rief er einem Kollegen zu. Der Kommissar folgte mit steigendem Interesse dem Beamten. Im Fürstenberghaus war er in der Vergangenheit schon so manches Mal gewesen. Bei den Filmabenden vom ASTA im großen Hörsaal F1 oder zu Vorlesungen über ihn interessierende Themen. Jetzt führte ihn sein Weg in das Treppenhaus hinein und sofort nach links und aus dem Haus wieder hinaus. Dem Beamten folgend überquerte er die Durchfahrt in den begrünten Innenhof und ging durch eine weitere schwere Glastür in den südlichen Gebäudeteil. Hier folgte der Kommissar seinem Kollegen durch das Treppenhaus in den zweiten Stock. Wie es schien, hatte die Universität in letzter Zeit irgendwo Gelder locker gemacht , denn die Flure, die Treppenhäuser und die Institutsbereiche waren neu gestrichen. Etwas außer Atem, erreichte der Kommissar den Flur im 2. Stock, in dem das Historische Seminar seinen Sitz hat. Vor einer Tür, die in das Büro eines Wissenschaftlers führte, drängelten sich Polizisten in Uniform und Zivil. „Ah, der Oberkommissar Schimpanski. Sind Sie für den Fall zuständig?", meldete sich schon beim Näherkommen eine stattliche Gestalt in einem weißen Overall. „Der Herr Professor Schulze-Beckmann, Sie schon hier? Da bin ich aber echt baff." „Dürfen Sie, dürfen Sie. Aber es ist kein großes Geheimnis, die Buschtrommeln im Präsidium waren mal wieder schneller als Ihr Chef. Und wenn ich etwas von einer Leiche höre, dann gebe ich mir selbst den Einsatzbefehl und schwubs bin ich da." „Das ist wahrer Einsatz am Gemeinwesen, wie es ihn nur noch selten gibt", würdigte der Kommissar den Einsatz des Professors.

„Kann ich mir das Opfer und den Tatort mal anschauen?" „Wir sind noch bei der Arbeit, aber ein Blick auf den Armen und den Ort seines letzten Atemzugs ist schon möglich. Hier, streifen Sie sich diese Gummidinger über die Schuhe und die Handschuhe für die Hände." Der Kommissar befolgte die Anweisungen des Professors am Rechtsmedizinischen Institut der Universitätsklinik Münster und betrat das Büro. Hier gab es wenig aufregendes zu sehen. Weder steckten irgendwelche Waffen im Körper des Opfers, noch war das Blut in Strömen geflossen. „Wer ist das Opfer?" „Professor Doktor Carolus Neuhaus, die münstersche Koryphäe der Mittelalterwissenschaft, im Fachdeutsch Mediävistik genannt." „Aha, ich kenne das Opfer nicht, aber das kann ja noch kommen." „Naja, ich weiß es auch nur durch den Hinweis an der Tür und seinen Ausweis. Aber letztens stand noch etwas über ihn in der Universitätszeitung, hat irgend einen Preis erhalten." „Dann hätten wir ja schon die ersten Verdächtigen, alle Neider, die ihm den Preis nicht gönnen." „Ah, der Herr Kommissar ist schon am Kombinieren. Dann aber erst mal der Reihe nach." „Genau, deshalb die wesentliche Frage: Wie geschah die Tat? Womit wurde er ermordet?" „Er wurde mit einem schweren Gegenstand von oben auf den Kopf geschlagen." „Ein schwerer Gegenstand? Eine Eisenstange?" „Nein, nicht so etwas profanes. Eher so etwas", bei diesen Worten griff Professor Schulze-Beckmann in ein Regal und nahm ein dickes altes Buch heraus. „Sie meinen, er wurde mit einem Buch erschlagen?" „Ja, aber mit einem solchen Werk hier. Halten Sie es mal", antwortete der Professor und reichte es dem Kommissar. „Oh, ja, jetzt glaube ich es auch, das sind ja Kilos", bestätigte dieser überrascht und ließ das Buch in seinen Hände auf und ab wippen. „Ja, das ginge. Damit kann man wirklich jemanden verletzen", bestätigte der Kommissar. Nachdem er das Buch vorsichtig zurück ins Regal gestellt hatte, wandte er sich wieder an der Arzt: „Wann ist denn der Todeszeitpunkt? Haben wir genaue Angaben?" „Und wie! Die Sekretärin des Verblichenen hat um pünktlich 13.02 Uhr das Büro geöffnet und sah ihren Chef so liegen wie er jetzt hier noch den Schreibtisch ziert." „Dann ist er keine zwei Stunden tot?" „Exakt, so zwischen 12.30 und 13.00 Uhr, plus, minus ca. 10 Minuten!" „Und wo ist diese Sekretärin? Ihre Aussage würde mich interessieren." „Nicht nur Sie, aber die Dame hat es vorgezogen, sich abzumelden.

Sie bekam einen Schwächeanfall, zudem Herzprobleme und einen Kreislaufzusammenbruch. Die Dame ist ins Franziskushospital eingeliefert worden und wird wohl vor morgen nicht ansprechbar sein." „Wie heißt sie? Gibt es Verwandte die benachrichtigt werden müssen." „Der Name ist Eleonore Dieckmann. Verwandte gibt es, diese sind vom Hospital unterrichtet worden." „Herr Professor, es macht Spaß, mit Ihnen zusammen zu arbeiten." „Das höre ich gerne. Wollen Sie mir dann heute Nachmittag bei der Obduktion behilflich sein?", fragte der Professor mit einem verschmitzten Blick auf den Kommissar. „Nein, nein, so habe ich das nun auch nicht gemeint." Dem Kommissar wurde immer noch schlecht, wenn er an die Obduktionen dachte, die er während der Ausbildung hatte besuchen müssen. Er vermied es mit allen Mitteln, sich dieser Aufgabe zu stellen. Der Ermordete lag noch so, wie er aufgefunden worden war. Das würde sich jedoch in nächster Zeit ändern. Die Spurensicherung hatte Fotos und Videoaufnahmen von der Situation gemacht. Der Raum war auf Spuren untersucht worden und mögliche Beweise zur Tat waren in versiegelte Plastiktütchen verpackt worden. Der Kommissar schaute sich auf dem Schreibtisch um. Papiere hatte der Professor zu Stapeln aufgetürmt. Welche Ordnung darin herrschte, konnte man nicht sofort erkennen. Auch beim Durchlesen der Titelblätter und Kopfseiten war kein Konzept zu erkennen.

Ein Stapel schien aus Hausaufgaben seiner Studenten zu bestehen. Immer die gleichen Titelblätter mit unterschiedlichen handschriftlichen Namensangaben und Semesterzahlen. „Gibt es hier einen Vorlesungsplan vom Professor? Hat er heute noch Vorlesungen?" „Da, hinter dem Sessel an der Pinwand hängt so etwas", rief einer der Kollegen von der Spurensicherung dem Kommissar zu. In Griffweite vom Schreibtisch hing eine Pinnwand mit einigen Zetteln und einem DIN-A-4-Blatt. Dieses enthielt eine Wochendarstellung mit Tagesnamen, Uhrzeiten und Ortsangaben. „Hm, ja klar", grübelte der Kommissar. „Hier ist es." In diesem Augenblick kam ein Sprachengewirr vom Flur herüber. „Ich bin dem Oberkommissar Schimpanski zugewiesen. Ich muss zu ihm und meine Aufgaben erhalten, liebe Kollegen." „Seit wann sind Kommissaranwärterinnen schon den Mordkommissionen zugewiesen?

Seit wann gibt es denn so etwas?" „Kommissaranwärterin Dierkes?", rief der Kommissar. „Ja, Chef?" „Lassen Sie sich die Gummiüberzieher geben und kommen Sie herein!" Die Gerufene stand keine Minute später neben dem Kommissar und schaute gebannt auf das Geschehen um sie herum. Gerade nahmen zwei Personen in weißen Overalls das Opfer aus seiner Lage und betteten es in einen metallenen Transportsarg. „So, Herr Oberkommissar, dann werde ich mich mit meinem neuen Kunden in Richtung Klinikum auf machen. Bis dahin!" „Ja, Herr Professor, und lassen Sie mich schnell von Ihren Ergebnissen wissen", verabschiedete der Kommissar den Rechtsmediziner. In einer kleinen Prozession folgten den Sargträgern Professor Schulze-Beckmann sowie zwei seiner Mitarbeiter und drei uniformierte Polizisten. „So, das geht jetzt seinen üblichen Gang und wir können uns mit dem Büro beschäftigen. Was fällt Ihnen denn so auf?" „Äh, hm, was soll mir denn auffallen? Hier ist schon viel herum gesucht worden." „Ja, da haben Sie recht, die Freunde von der Spurensuche haben sich hier breit gemacht. Aber trotzdem, was gibt es zu sehen oder genauer nicht zu sehen?" Dierkes schaute sich um, über den Schreibtisch, auf die Regale und entlang der Wände. „Hatte der Professor keinen Computer? Ich sehe hier keinen." „Sehr gut! Liebe Kollegen von der Spurensicherung, habt Ihr einen Computer vorgefunden?" „Nein, ein Computer war hier nicht zu finden. Nicht mal Disketten oder CDs." „War der Professor so rückständig, dass er keinen Computer benutzte? Immerhin sind wir hier in einem altehrwürdigen Fachbereich." „Das glaube ich nicht. Vielleicht hat der Mörder den Computer mitgenommen?" „Das wäre eine Möglichkeit. Aber dann müßte er viel zu tragen gehabt haben." „Sofern der Professor nicht ein Notebook besaß, das kann man leicht mitnehmen und es fiele nicht auf." „Stimmt, kann man denn erkennen, ob er so etwas besaß?" „Man müßte seine Frau fragen." „Oh, ha, da haben Sie mich aber auf dem falschen Fuß erwischt", entfuhr es dem Kommissar. „Warum denn das?" „Wir müssen doch seine Frau und die Familie vom Tod von Ehemann und Vater unterrichten." Dem Kommissar war bewußt, das dies eine sehr unangenehme Aufgabe war, die er zu erledigen hatte. Den Angehörigen die Nachricht vom Tod eines nahen Verwandten zu überbringen war für keinen Polizisten sehr schön. Deshalb war es ihm sehr angenehm, als die Kommissaranwärterin auf den Schreibtischschoner wies. „Da schauen Sie doch mal. Hier die Spuren auf dem schwarzen Leder. Immer an denselben Stellen, hier, dort, dort und da", mit dem Finger zeigte sie auf die vier Stellen. „Ja, das könnten Spuren eines Computers auf dem Leder sein. Ein tragbares Teil, das immer wieder vom Tisch genommen und später auf die Unterlage gestellt wurde." „Aber jetzt ist er nicht da. Warum?" „Kollegen, eine Frage: Wurden vom Täter irgendwelche Gegenstände mitgenommen? Ist Euch da etwas aufgefallen?" fragte der Kommissar in die Runde. „Die Geldbörse fehlt. Die Uhr und ein Handy haben wir auch nicht gefunden." „Danke für die Auskunft. Dann kann es doch so sein, dass hier ein Computer stand und ihn der Täter mitgenommen hat", kombinierte der Kommissar.

„Das kann so sein, muss aber auch nicht. Vielleicht hat er den Computer auch zu Hause gelassen." „Ja, dann sollten wir die Notwendigkeit nicht mehr verschieben und den Kondolenzbesuch machen." „Sollten wir nicht auch noch wissen, mit wem er telefoniert hat?" „Kollegen, habt Ihr eine Liste der Telefonate vom Diensttelefon bei der Univerwaltung angefordert?" „Haben wir gemacht. Was denkst Du denn von uns." „Auch vom Handy?" „Das kann aber noch etwas dauern. Wir wissen nicht mal seine Handynummer." „Das könnte man bei der Sekretärin erfahren." „Die liegt im Franziskus." „Mist, stimmt ja! Dann fragen wir seine Frau nach der Nummer." „Haben wir die Adresse des Professors?", fragte die Polizistin. „Ja, hier ist sie, auf der Sentruper Höhe", antwortete ein Kollege der Spurensicherung und gab ihr einen Zettel mit der Anschrift. Kurze Zeit später saßen der Kommissar und Dierkes in einem zivilen Polizeiwagen auf dem Weg zur Sentruper Höhe. Mit im Wagen saß ein Sanitäter, den der Kommissar vor dem Fürstenberghaus zur Mitfahrt gezwungen hatte, „Wegen der ungewissen Folgen der schlechten Nachricht auf den Zustand der Frau", wie er es ausdrückte.

Sentruper Höhe

Der Name „Höhe" für diesen Teil im Stadtgebiet Münsters war genau richtig gewählt. Ein Name in dem die Bezeichnung „Berg" enthalten gewesen wäre, lehnte Schimpanski als viel zu überzogen ab. Diese Höhe bot vor seiner Überbauung, in historischer Vergangenheit, einen schönen Panoramablick auf Münster. Der war so einmalig, dass verschiedene Maler über die Jahrhunderte immer wieder von dort Münster und seine Umgebung auf Leinwand bannten. Später, genauer in der Zeit nach dem II. Weltkrieg siedelten, sich hier begüterte Münsteraner an. Zu diesen Honoratioren zählte auch das Ehepaar Neuhaus, noch zu einem Zeitpunkt, da der spätere Herr Professor sich mit einem Doktortitel begnügen mußte. In diese Siedlung voller gediegener münsteraner Gemütlichkeit führte Oberkommissar Schimpanski und Kommissaranwärterin Dierkes ihr beruflicher Weg. Jedem Polizisten ist dieser Weg zu den Verwandten eines Getöteten sehr unangenehm und eine aufwühlende Angelegenheit. Der Bote schlechter Nachrichten möchte niemand sein. Zudem war nie bekannt, wie die Betroffenen reagieren. Um hier auf alles vorbereitet zu sein, hatte der Kommissar den Sanitäter mitgenommen. Das Haus von Professor Neuhaus war ein typischer Bau der frühen 70er Jahre. Viel offener Beton, in späterer Zeit mit Efeu begrünt, mit kleinen Fenstern zur Straße und einem ca. 5 bis 10 Meter breiten Grünbereich davor. Der Zugang führte etwas diagonal auf eine massive Metalltür zu. Vorbei an einem Terracotta-Löwen und einem eben solchen Blumenständer bahnten sich die drei den Weg zur Tür. Dort angekommen drückte Dierkes die Klingel, rechts hinter einem Blumenständer versteckt. Gemeinsam wartete man auf das Kommende. Dies bestand in einer jungen Frau, welche überrascht die Besucher anschaute. „Frau Professor Neuhaus?", fragte höflich Oberkommissar Schimpanski. „Nein, ich nicht Frau Professor", antwortete die Frau mit einem deutlich osteuropäischen Akzent. „Aha, Europa wächst zusammen", dachte der Kommissar, „wo vor 10 Jahren noch südeuropäische Sprachwurzeln zu hören gewesen waren, sind diese von osteuropäischen ersetzt worden. Markt und Preis zeigen ihre Wirkung auch im Hause Neuhaus." „Frau Professor im Mittag. Nicht stören!" „Wir müssen die Frau Professor leider stören. Ich bin Oberkommissar Schimpanski von der Polizei Münster, meine Kollegin Dierkes und ein Kollege vom Roten Kreuz." „Oh, Polizei? Alles in Ordnung! Alles Papiere sind richtig!", entgegnete die Frau ängstlich. „Wir wollen nichts von Ihnen, wir wollen die Frau Professor dringend sprechen", beruhigte der Kommissar die Frau. Diese nickte nur, schloß die Tür und ging ins Haus zurück. In der folgenden Ruhe konnte man die Schritte des Hausmädchens nicht vernehmen. Nach einigen Sekunden, einer halben Minute vielleicht, hörte man lautere, hastigere Schritte auf festem Boden. Die Tür wurde erneut geöffnet und die junge Frau ließ die unerwarteten Gäste ins Haus. „Frau Professor im Salon, bitte folgen." Der Weg führte durch eine Mischung aus Einrichtungsgegenständen der 60er-, 70er-Jahre sowie aus neuerer Zeit. Manches hätte in einem Museum der Moderne Platz gefunden. Auch der Salon bot dem Betrachter diese Mischung aus mehreren Jahrzehnten. Hier hatten sich die Bewohner die Erinnerungen ihres Lebens geschmackvoll zusammen gestellt. Jedem Innenraumgestalter hätten sich wohl die Haare gesträubt, aber ein solcher dürfte hier Hausverbot haben. „Sehr geehrte Frau Professor Neuhaus, danke, dass Sie uns sofort empfangen haben", versuchte der Kommissar eine freundliche Grundstimmung für die unangenehme Aufgabe zu verbreiten. „Ja, wenn die Polizei anklopft, das erste Mal, seitdem wir hier wohnen, dann möchte man doch behilflich sein", erwiderte Frau Neuhaus. „Danke, nochmals." „Kann ich Ihnen etwas zu trinken bringen lassen?" „Ja, etwas zu trinken, das wäre gut. Wasser für uns drei." „Niki, bring uns das gewünschte und etwas zum Naschen, Plätzchen." „Ja, sofort, Frau Professor." „Aber warum sind Sie gekommen. Womit kann ich Ihnen dienen?" „Es ist für Sie das erste Mal, dass die Polizei bei Ihnen im Haus ist?" „Ja, wir wohnen hier jetzt seit bald 35 Jahren, aber mit der Polizei ..., nein doch, 1985, da war auch die Polizei mal da, das hatte mit dem Wagen von meinem Mann zu tun, der war damals gestohlen worden. Da schickte die Polizei eine Streife, um ein Protokoll aufzunehmen. Das war das einzige Mal, dass wir etwas mit der Polizei zu tun hatten. Ist denn etwas mit dem Wagen von meinem Mann? Ach nein, der steht ja in der Garage, er fährt bei gutem Wetter mit dem Fahrrad." Nach diesen Worten brachte das Hausmädchen auf einem Tablett eine Anzahl Gläser sowie kühles

Wasser in einer Kristallkaraffe und halbierte Zitronenscheiben. Nachdem sich alle bedient und der Kommissar einen großen Schluck genommen hatte, kam er zum eigentlichen Thema. Wie schon früher beschlich ihn auch diesmal ein flaues Gefühl in der Magengegend. „Frau Neuhaus, wir sind gekommen, weil wir eine sehr traurige Nachricht für Sie haben. Leider geht es nicht um das Auto Ihres Mannes oder eine ähnliche Angelegenheit. Ihr Mann wurde heute Mittag in seinem Büro getötet." Frau Neuhaus zeigte keine Reaktion. Sie trank in aller Ruhe aus ihrem Wasserglas. Nach einigen Sekunden fragte der Kommissar: „Frau Neuhaus?" „Ja?" „Haben Sie verstanden, was ich gesagt habe?" „Ja?", Frau Neuhaus schaute ihn an, ohne ihn zu sehen. „Ihr Mann wurde in der Universität ermordet." Frau Neuhaus schwieg wieder für einige Sekunden. „Warum?" „Wie bitte?" „Warum wurde er getötet?" „Deswegen sind wir hier. Wir wollen den Mörder finden. Deshalb sind wir gekommen, Frau Neuhaus." Die Angesprochene schaute weiterhin, ohne konkreten Blickkontakt, zu den drei Gästen herüber. „Wie denn...?" „Was bitte?" „Wie wurde er denn... ?„ „Erschlagen, mit einem schweren Gegenstand." Frau Neuhaus schwieg wieder und starrte in ihr Wasserglas. Der Kommissar stand auf, ging zu einem Rollwagen mit verschieden Flaschen voller alkoholischer Getränke und schaute sich den Inhalt an. Eine Flasche mit westfälischem Gebranntem nahm er heraus, schüttete einen kräftigen Schluck in ein Glas und reichte es der Frau Professor. Diese nahm es entgegen, führte es an den Mund und trank es in einem Schluck. Sofort danach mußte sie mehrmals Husten, da das scharfe Getränk die Schleimhäute und den Rachen reizte.

Erst nach dieser Prozedur nahm der Blick der Frau wieder etwas Normales an. „Mein Mann ermordet? Wie kann das sein? Warum? Wer?" „Das würden wir gerne von Ihnen wissen. Hatte Ihr Mann Feinde? Wissen Sie jemanden, dem Sie eine solche Tat zutrauen?"

Frau Neuhaus schien langsam die ganze Weite der Tat zu verstehen. „Tat zutrauen..., ermordet ..., Feinde ...?" Sie sprang auf, ging zum Wagen mit den Alkoholflaschen, griff sich die Schnapsflasche, füllte etwas ins Glas ein und trank nochmals einen guten Schluck. Dann drehte sie sich zu den drei Sitzenden um und sagte: „Nein, ich kann Ihnen da nicht helfen. Mein Mann ist eine Koryphäe auf seinem Gebiet. National und international ist er anerkannt und wird gerne auf Tagungen und zu Vorträgen eingeladen. Feinde? Nein."

„Denken Sie bitte genau nach. Gab es nie Drohungen oder Streit mit Kollegen, Studenten oder Personen außerhalb der Universität. Beim Hobby, in der Familie?" Frau Neuhaus hatte sich nochmals einen westfälischen Gebrannten ins Glas eingefüllt, war zurück zum Sofa gekommen und sich hingesetzt. Sie dachte intensiv nach, vielleicht auch, um nicht von der traurigen Nachricht übermannt zu werden. „Feinde? Da war diese Sache mit dem Studenten, der ihm gedroht hatte, wegen der abgelehnten Abschlussarbeit. Ja das wäre etwas. Aber den Namen weiß ich nicht. Aber die Frau Dieckmann kann Ihnen da helfen. Fragen Sie sie danach. Aber etwas anderes weiß ich nicht." „Danke für diese Information. Gab es unter den Kollegen an der Universität keinen Streit oder Rivalität?" Frau Neuhaus schien die Frage erst mit deutlicher Verspätung verstanden zu haben. „Nein, nicht so richtig. Es gab Spannungen mit Professor Mertens." Der Kommissar notierte sich den Namen. „Ja, mit dem hatte er Streit. Aber der wird doch nicht? Nein, das glaube ich nicht!", dachte die Frau weiter laut nach. „Worum ging es denn?" „Um die Leitung des Instituts. Der Professor Mertens wollte Änderungen einführen. Aber mein Mann lehnte das ab. Zudem hatte er einen anderen Umgang mit den Studenten, so kumpelhaft, das war nicht die Sache meines Manns." „Deswegen gab es Streit?" „Ja, das sagte ich, aber deswegen ein Mord? Nein, das traue ich dem Mertens nicht zu." „Danke Frau Neuhaus. Sie haben uns schon sehr geholfen. Wenn Sie es wünschen, erhalten Sie ein Beruhigungsmittel. Das kann Ihnen über die nächsten Stunden und Tage hinweg helfen. Sollen wir jemanden informieren, das derjenige herkommt und ihnen hilft?" „Danke, aber das ist nicht nötig. Ich werde meine Schwester informieren. Niki kann das machen." „Dann möchten wir Sie auch nicht weiter stören. Ich möchte Ihnen unser tiefes Beileid aussprechen." „Danke, Herr Kommissar … " „Oberkommissar Schimpanski. Hier, ich lasse Ihnen meine Visitenkarte da. Sie können mich dort erreichen, falls Sie Fragen haben oder ihnen etwas einfallen sollte." „Danke Herr Kommissar." „Der Dank ist ganz auf unserer Seite, Frau Neuhaus. Ich hätte nur noch eine Bitte.

Ich benötige die Handynummer Ihres Mannes", fragte der Kommissar. „Die gebe ich ihnen", antwortete Niki für ihre Dienstherrin während sie den Kommissar zusammen mit seinen Begleitern zur Tür führte. „Sollte die Frau Professor doch noch einen Schwächeanfall bekommt, geben Sie ihr von diesen Tabletten. Jeweils aber nur eine auf ein Glas Wasser!", erklärte der Sanitäter dem Hausmädchen an der Tür. „Danke. Und hier die Karte mit der Telefonnummer des Herrn Professor", erwiderte Niki bevor sie die Tür von innen schloss. „Puh, das war es!" Nachdem er den Dienstwagen bestiegen hatte, konnte der Kommissar seine Erleichterung über das Ende dieses Gespräches nicht verbergen.

„Ich war froh, es der Frau nicht gesagt haben zu müssen", bemerkte die Kommissaranwärterin. „Das ist für jeden, der es machen muss, eine schwierige Sache. Wie soll man auch den richtigen Ton finden." „So einen Chrashkurs habe ich vor zwei oder drei Jahren mal mitgemacht. Aber die Theorie hat dann doch nichts mit der Realität zu tun", erinnerte sich der Kommissar und atmete tief durch. „So Frau Kommissaranwärterin, was haben wir denn eben erfahren?" „Das der Herr Professor keine Feinde hatte." „Fast richtig." „Es gibt da einen Studenten, der ihm gedroht hatte und sein Kollege Mertens scheint auch nicht sehr gut auf ihn zu sprechen zu sein", meldete sich der Sanitäter. „Wollen Sie nicht bei uns mit machen? Das war sehr gut. Wir haben zwei Verdächtige. Das müssen wir noch genauer ausleuchten." „Das habe ich auch gehört, aber ich mußte an die arme Frau denken, der jetzt der Mann fehlt", erklärte die Kommissaranwärterin. „Sehen Sie, da zeigt sich der richtige Kriminaler, der auch in schwierigster Situation noch auf wichtiges achtet. Aber deshalb habe ich Sie auch zu diesem Gespräch mitgenommen, damit Sie etwas lernen. So, und jetzt brauche ich etwas zu essen", erklärte der Kommissar und fuhr den Wagen in Richtung Münsters Innenstadt.

Büroansicht

Oberkommissar Schimpanski war, nachdem er sich vom Kondolenzbesuch bei Frau Professor Neuhaus erholt und zu Mittag gegessen hatte, wieder in der Stimmung, sich mit dem Mordfall zu beschäftigen. Deshalb kam ihm die Idee, das Büro des Professors nochmals in Ruhe und ohne die Kollegen von der Spurensicherung in Augenschein zu nehmen. Zudem stand noch sein Fahrrad vor dem Fürstenberghaus. Nach dem Kantinenbesuch ließ er sich von Kommissaranwärterin Dierkes mit dem Dienstwagen zum Domplatz fahren. Jetzt, am Nachmittag, gegen vier Uhr war der Verkehr noch auszuhalten. In einer Stunde würde der Berufsverkehr alle Straßen ins Münsterland lahm legen. Mit seinem Fahrrad konnte er dann an allen Staus vorbei schleichen, wie er es seit Jahren machte. Um das Fürstenberghaus war der große Ansturm vorbei. Die Kollegen waren abgezogen und auch das Trassierband verschwunden. Einzelne Passanten standen vor dem Haus, fanden sich zu Gruppen zusammen und tauschten die aktuellsten Gerüchte aus. „Erkundigen Sie sich im Präsidium bei den Kollegen von der Spurensicherung nach den Telefonaten des Professors auf dem Diensttelefon und auf dem Handy. Wir müssen wissen, mit wem er heute telefoniert hatte", beauftragte er die Polizistin. „Wird gemacht!", rief sie ihm beim Aussteigen hinterher. Auch auf den Gängen der Historiker tuschelten kleine Gruppen von Studenten und Universitätsangestellten über das Geschehene. Ohne große Probleme erreichte der Kommissar das Büro von Professor Neuhaus. Ein Polizist hatte es sich davor auf einem Stuhl bequem gemacht und sprang auf, als er merkte, dass da jemand Interesse an dem Büro hatte. „Hier ist der Zutritt verboten. Bei Fragen wenden Sie sich an den Pressesprecher der Polizei. Hier haben Sie die Telefonnummer ...", sagte er dem ankommenden Kommissar entgegen. „Danke Kollege, aber leider bin ich mit der Aufklärung des Falls betraut", antwortete Schimpanski und zeigte seinen Dienstausweis. Dann öffnete er mit dem Schlüssel, den er im Präsidium auf seinem Schreibtisch vorgefunden hatte, die Tür und betrat den Tatort.

Neben der abgestandenen Luft, geschwängert mit dem Duft von Arbeit und Abenteuer einiger Kollegen, umgab ihn eine ungewohnte Ruhe, in die nur leise Laute aus dem Innenhof drangen. Die Lage des Büros hätte auch ihm gefallen. Aus dem Fenster sah man in den begrünten Innenhof. Über das Dach hinweg lugten die beiden Türme des Doms. In aller Ruhe schaute sich der Kommissar im Raum um. Zunächst ging er entlang der Regale und betrachtete, welche Werke in den Fächern eine Bleibe gefunden hatten. Zumeist waren es Bücher aus der Feder des Professors, sein wissenschaftliches Werk, welches im Laufe der Jahre einige Meter Regalfläche beanspruchte, Tagungsbände und Nachschlagewerke. In einem weiteren Regal befanden sich eine größere Zahl einfach gebundener Schriften, Abschlussarbeiten von Studenten. So mancher Doktorhut oder auch Magistertitel hatte zwischen diesen Aktendeckeln seine wissenschaftliche Grundlage. In einem Regal, neben einigen Büchern, hatte der Professor einen kleinen Drucker deponiert, wie er für Notebooks genommen wird. Vom dazu gehörenden Computer fehlte aber jede Spur. Der kleine Kühlschrank in der hinteren Ecke, eingeklemmt von Regalen, und sein Inhalt brachten keine neuen Erkenntnisse. Verschiedene Getränke, Fruchtsäfte und Milchmixgetränke, kein Bier aber fränkischen Weisswein sowie Brot, Wurst und Käse. Auf dem Schreibtisch herrschte ein bei Akademikern scheinbar übliches Chaos. Drei Sammelbehälter mit kleinen Schmierzetteln in den Farben gelb, grün und hellblau behaupteten zwischen gestapelten Papierfächern und einfachen Papierstapeln ihren Platz vor dem ledernen Tischflächenschoner. Die beschriebenen Exemplare verteilten sich auf einer Pinntafel an der Wand. In den persönlichen und beruflichen Notizen auf den bunten Zetteln fanden sich keine Hinweise für ein mögliches Mordmotiv. Terminhinweise, Berufstermine, Studentenadressen und Telefonnummern. Gut, diese mußten bearbeitet werden, aber dürften sehr wahrscheinlich nichts bringen. In den Schubladen vom Schreibtisch fand der Kommissar Unterlagen über die universitäre Arbeit, Hausaufgaben von Studenten, Unterlagen für Vorlesungen sowie Fachzeitschriften mit Artikeln des Professors. Eine Schublade beinhaltete alle Gerätschaften für eine professionelle Büroarbeit, vom Briefumschlag bis zum Locher. Durch die ergebnislose Suche entmutigt, setzte sich der Kommissar auf den Stuhl des Professors und schaute von dort in die Runde. „Warum wurde er ermordet?", „Wer hatte davon einen Vorteil?", diese und ähnliche Fragen gingen ihm durch den Kopf. Aus Langeweile spielte er mit den Schubfächern im Schreibtisch, machte dieses und jenes Fach nochmals auf und spielte mit den Finger in den Papierstapeln. „Lag in den Arbeiten der Studenten die Antwort? Warum fehlte der Computer? War es nur das Raubgut eines überraschten Diebs? Oder sollte hier eine falsche Fährte gelegt werden, ein anderer Grund vertuscht werden?", rief sich der Kommissar die Fragen nacheinander ins Gedächtnis. In einer Schublade war der Stapel von Unterlagen nicht besonders hoch und irgendwie unsauber hinein geschoben worden. Beim Anheben des Stapels lag darunter ein grauer, dicker DIN-C-4-Briefumschlag. „Was ist denn das?", dachte der Kommissar und griff nach dem Umschlag. Er öffnete ihn und ließ den Inhalt auf den Tisch gleiten. Eine ganze Menge an beidseitig bedruckten Blättern. Adressiert war der Umschlag an Professor Doktor Neuhaus. Absender war ein Wissenschaftsverlag mit Niederlassungen in Berlin, Zürich und New York, dessen Name leicht mit dem Verlag einer deutschen Postille mit wenig Text und großen Fotos verwechselt werden konnte. „Doktor Hubertus Willing, „Vom Sieg der Archäologie über die Diplomatik", stand auf dem Titelblatt zu lesen. Es handelte sich um den Vorabdruck eines Buches, das war dem Kommissar schon klar. Merkwürdig für ihn war jedoch, das dieses Werk eines anderen Wissenschaftlers hier unter Papieren versteckt im Schreibtisch lag. Ohne so recht zu wissen warum, steckte der Kommissar die Seiten zurück in den Umschlag und danach in seine Aktentasche. Vor der Tür wurde es plötzlich laut. Jemand sprach mit dem Polizisten, der die Tür bewachte. „Nein, hier gibt es keinen Eintritt. Wenden Sie sich an das Polizeipräsidium", hörte Schimpanski. „Aber es ist doch wichtig, die Vorlesungen des Professors für morgen muss ich doch haben." Der Kommissar sprang auf und lief zur Tür, öffnete dieselbe und sah einen ziemlich erregten Mann mit dem Polizisten sprechen. „Ja? Sie wollen in das Büro vom Professor?" „Ja, genau, ich muss da hinein." „Warum, was ist der Grund?" „Die Unterlagen, der Text für die Vorlesung vom Professor für morgen." „Wer sind Sie?" „Doktor Heribert Temming. Ich bin wissenschaftlicher Mitarbeiter des Professors." „Kommen Sie herein", entschied der Kommissar und ließ den Mann eintreten. „Danke,

Herr... Wer sind Sie?" „Ich bin Oberkommissar Schimpanski vom Polizeipräsidium. Ich habe die Aufgabe, den Mord an Ihrem Chef aufzuklären." „Oh, Sie machen das. Da wünsche ich Ihnen viel Erfolg." „Danke, aber um welche Unterlagen geht es denn konkret?" „Ja, natürlich, das können Sie nicht wissen. Der Herr Professor hat morgen früh seine Vorlesungstermine." „Oh, die wird er wohl nicht mehr halten können." „Ja, eine sehr traurige Nachricht, die mich vor einer halben Stunde erreichte. Deshalb bin ich auch sofort gekommen, denn jetzt werde ich wohl die Vorlesung halten müssen", erklärte Doktor Temming. „Klar, das verstehe ich. Haben Sie dass schon öfter gemacht, so Vorträge für den Professor?" „Ab und zu, wenn der Professor krank oder auf einer Tagung war. Dann hielt ich seine Vorlesung." „Und wie wird das jetzt weiter gehen, so ohne den Professor?" „In der nächsten Zeit werde vermutlich ich die Vorlesung halten. Vielleicht übernimmt später einer der Professorenkollegen diese Aufgabe. Aber so einen Fachmann wie der Professor Neuhaus wird keiner ersetzen können." „Also profitieren Sie aus dem unerwarteten Ableben des Herrn Professors?" „Also, so etwas würde mir nie in den Sinn kommen! Das vergessen Sie mal ganz schnell, Herr Kommissar. Ich bin gar nicht in der Position, hier diesen Professorenstuhl auszufüllen." „Dann werden Sie in einigen Wochen die Vorlesungen beenden und der Nachfolger für den Professor macht weiter?" „Ja, genau so wird es wohl laufen." „Gibt es denn viele Akademiker in Deutschland, die diese Planstelle ausfüllen können?" „Hm, mal überlegen. Der Professor hatte schon einen sehr guten Ruf. Der Kollege Fischer in Paderborn vielleicht, oder die Professorin Goldmaier an der LMU in München. Dann unter Umständen noch, aber ob er das machen wird, na, der Heinsohn in Berlin. Ja, von den Dreien wird es wohl einer werden." „Und der Professor Mertens?" „Nein, der doch nicht, der hat ein anderes Fachgebiet." „Also nicht das Mittelalter?" „Doch schon, aber nicht das frühe Mittelalter. Der Mertens beschäftigt sich mit den Ottonen und hat einiges über Friedrich II. geschrieben." „Weshalb gab es dann den Streit zwischen den beiden Professoren?" „Ach je, wer hat Ihnen da was erzählt. Das war doch nichts." „Aber es hat doch Kreise gezogen und zu bösem Blut im Institut geführt?" „Na, so will ich das nicht stehen lassen. Es gab mehrfach Dispute über den Arbeitsstil und die Art des Umgangs vom

Herrn Professor mit seinen Studenten. Aber das sind doch eher interne Dinge, die nun wirklich nichts mit dem Tot des Herrn Professors zu tun haben." „Ich muss in alle Richtungen ermitteln, dabei kann auch ein Streit unter Kollegen nicht ausgeschlossen werden. Worum ging es denn konkret?" „Um den Studenten Siegbert von Telgte. Der Professor hat seine Abschlussarbeit nicht zur Prüfung übernommen." „Und was besagt das?" „Der Student muss sie nochmals überarbeiten und kann in einigen Monaten die Prüfung beginnen." „Das kostet Zeit und Geld!" „Das hat der Sohn zur genüge. Der Vater ist doch der Immobilien-Telgte hier aus Münster." „Aha, ich verstehe. Und worum ging es in dem Streit?" „Der Telgte hatte in der Arbeit Texte und Autoren eingeführt, die der Professor als nicht zum Thema gehörend ansieht." „Keine wissenschaftlichen Vertreter, die der Professor für zitierwürdig hielt?" „Ja, das stimmt." „Und deswegen musste dieser Student von Telgte die Arbeit zurück nehmen?" „Ja, deswegen gab es einen ziemlichen Streit bis zur Androhung von Klagen." „Und darüber haben sich die Professoren Neuhaus und Mertens gestritten?" „Ja, der Neuhaus blieb hart, während der Mertens einen anderen Weg gehen wollte. Das Thema nicht so hoch hängen, war sein Credo."

„Gab es noch andere Studenten, die Professor Neuhaus in dieser Form behandelte?" „Es ist bei den Studenten schon herum, dass der Neuhaus so vorgeht ... äh hm, vorging. Ja, genau, das wäre noch etwas für Ihre Ermittlungen. Es gibt da eine Gruppe, na wie heißt sie noch, ja genau, so ähnlich wie „Verein für Mittelalterforschung" oder so." „Und was ist das?" „Da haben sich Studenten zusammen geschlossen, die auch mit dem Professor wegen seiner Einstellung aneinander geraten waren. Genau, fragen Sie da mal nach. Die sitzen wohl im Kuba, diesem Zentrum für Selbsthilfegruppen in der Achtermannstraße." „Das Haus kenn´ ich. Danke für diesen Hinweis. Welche Unterlagen suchen Sie denn? Passen Sie beim Suchen und Mitnehmen aber auf!", sagte der Kommissar. Doktor Temming ging zum Schreibtisch und schaute schnell die Papierstapel und Fächer auf dem Tisch durch. „Nein, hier ist es nicht", kommentierte er sein Tun. Dann schaute er in die oberste Schublade auf der linken Schreibtischseite und griff hinein. „Ja, hier sind die Aufzeichnungen", erklärte er und zeigt sie dem Kommissar. Der warf einen Blick drauf, irgend etwas über einen Tassilo und seine Sippschaft, und stimmte der Mitnahme zu: „Gut nehmen Sie die Unterlagen mit. Wann findet denn die Vorlesung statt und wo?" „Morgen ab 8.30 Uhr, hier im Haus, im F1-Hörsaal über dem Eingang." „Dort wo der ASTA seine Filmabende macht?" „Das stimmt, aber erinnern Sie mich nicht an diese Filmabende, da liegt noch am anderen Morgen der Dreck zwischen den Stuhlreihen. Eine schöne Umgebung für Vorlesungen, wenn einem unter den Füßen das verlorene Popcorn knirscht." „Ich werde Sie in der Vorlesung besuchen, um den Studenten vom Tod ihres Professors zu berichten." „Davon werden doch morgen die Zeitungen voll sein, warum denn dann noch diese persönliche Information?" „Wegen der Reaktionen der Studenten und möglicher Zeugen für die Tat", erklärte der Kommissar. „Dann sieht man sich morgen im F1", sagte Doktor Temming und wollte das Büro verlassen. Ah, Herr Doktor, ich hätte da noch eine Frage." „Ja? Wenn ich helfen kann." „Diese ganzen Notizzettel in den verschiedenen Farben...?" „Ja, das war der Spleen von Professor Neuhaus. Er hatte sich da sein eigenes System zusammen gestellt. Die gelben Zettel, hier am Brett können Sie es nachlesen, sind Notizen zum Studium, bezüglich der Arbeiten seiner Studenten und über seine Vorlesungen. Die grünen Zettel beinhalten seine wissenschaftliche Arbeit außerhalb des Universität, Reden vor Fachleuten, Besuche an anderen Unis, Auslandsaufenthalte. Und die hellblauen Zettel hat der Professor für privates genutzt. Soweit sein System. Was er jedoch darauf geschrieben hat, das müssen Sie schon selbst nachlesen." „Danke, das werden die Kollegen von der Spurensicherung machen. Vielen Dank." „Bitte, aber jetzt muss ich gehen", nach diesen Worten entschwand der Doktor mit den Aufzeichnungen für die Vorlesung. Der Kommissar war sich auch nicht mehr sicher, ob er hier im Büro des Professors zu neuen Erkenntnissen kommen würde. Deshalb verließ er den Tatort.

Kuba Libre

Während er vor dem Fürstenberghaus das Schloss seines Fahrrads öffnete, kam dem Kommissar eine Idee. „Warum im Büro Akten wälzen, wenn ich weitere Informationen direkt erhalten kann?", dachte er. Dann schwang er sich auf sein Fahrrad und fuhr nicht in Richtung Präsidium, sondern zum Prinzipalmarkt. Vorbei am Alten Rathaus führte ihn sein dienstlicher Weg über das unangenehme Kopfsteinpflaster, zwischen Linienbussen der Stadtwerke durch die Klemensstraße und am wie immer vollen Stubengassenparkplatz vorbei in die Windthorststraße. Über Promenade und am Lackmuseum vorbei erreichte er, sich zwischen den vor den Ampeln an der Engelenschanze wartenden Autos schlängelnd, den verkehrsberuhigten Teil der Windthorststraße. Immer wenn er in die Achtermannstraße einbog, erinnerte sich Oberkommissar Schimpanski an den ersten Kriminalfall, an dem er als junger Polizist mitgearbeitet hatte. Im kleinen Hotel an der Ecke zu dieser Straße war es in einer Sommernacht zu großer Aufregung gekommen. Wie in solchen Fällen üblich, kam eine Polizeistreife, den Streit zu schlichten oder die Streitenden zu trennen. Das reichte auch für die Nacht. Erst am nächsten Morgen wurde das ganze Ausmaß der Sache sichtbar. Ein schwere verwundete Frau lag in einem Zimmer des Hotels. Darauf hin wurde der Fall an das Präsidium und auf den Schreibtisch seines Chef geleitet. Dieser nahm ihn, der erst seit einigen Tagen in der Abteilung Dienst tat, sofort zu den Ermittlungen mit, denn „Da kannst Du sofort richtig lernen, wie wir hier arbeiten", sagte er bei der Fahrt zum Tatort. Am Parkplatz vorbei erreichte er auf seinem Fahrrad das Kulturzentrum Kuba. Ein großes Wandgemälde, welches zum Parkplatz hin die ganze Wand einnahm, verlor langsam, vom Wetter ausgebleicht, seine Strahlkraft. Trotzdem war es für so manchen Besucher der Stadt ein Hingucker beim Weg vom Bahnhof in die City. Nachdem er sein Fahrrad in der Durchfahrt neben dem Eingang abgeschlossen hatte, öffnete er die Glastür zum Treppenhaus und schaute die Namen auf den Briefkastenreihen durch. Einen Überblick über die sozialen Probleme in der Stadt erhielt man beim Lesen der Namen von Initiativen, Selbsthilfegruppen und Beratungsbüros, die sich hier vor Jahren unter einem Dach versammelt hatten. Auch das überbordende Regal zu seiner Linken mit vielen verschiedenen Infozetteln, Veranstaltungshinweisen und Broschüren zeugte vom Engagement der Hausnutzer. Von Hand geschrieben war der Zettel am Briefkasten für ein Büro im dritten Stockwerk. „Verein für wissenschaftliche Geschichtsarbeit" stand dort zu lesen. Ein Selbsthilfeverein für gemobbte Akademiker und eine linke Studentengruppe hatten den Opfern von Neuhauses Einschüchterungen Unterschlupf geboten. Nachdem er eine eiserne Feuerschutztür geöffnet hatte, stand der Kommissar an einem Flurende, das nach rechts führte und von dem beidseitig mehrere Türen abgingen. Eine Sitzecke und ein Regal sollten eine etwas positive Atmosphäre verbreiten. Ganz am Ende des Flurs auf der linken Seite war das Büro der drei Gruppen. Höflich klopfte er an die Tür und erhielt auch postwendend ein deutliches „Herein" zur Antwort. „Guten Tag, mein Name ist Schimpanski von der Polizei Münster." „Schönen guten Tag, äh, was gibt es denn?", kam eine etwas verlegene Antwort von einem jungen Mann, der hinter einem der drei Schreibtische am Fenster saß. „Ich komme wegen einer polizeilichen Ermittlung", blieb der Kommissar gegenüber dem Unbekannten wage. „Was soll ich denn getan haben?", die Stimme des Studenten wurde noch unsicherer. „Das kann ich nicht sagen. Wir ermitteln derzeit im Umfeld der Universität Münster. Dazu zählen wir auch den „Verein für wissenschaftliche Geschichtsarbeit"." „Ach, daher weht der Wind", reagierte erleichtert der Gesprächspartner. „Sind Sie denn kein Mitglied des Vereins?", war der Kommissar verwundert. „Nein, damit kann ich nicht dienen", entgegnete freimütig der Angesprochene. „Die Treffen sich ..., ja wann treffen die sich? ... mal schauen," bei diesen Worten sprang der Redner auf und ging zu einem Jahresplaner an der Wand. „Aha, ja hier. Da haben Sie Glück gehabt, die treffen sich heute um 19.30 Uhr hier im Büro." „Was hier? Wie groß ist denn der Verein? Wissen Sie da genaueres." „Nein, nichts. Ich arbeite hier für die gemobbten Akademiker, auf Stundenbasis. Von der anderen Gruppe sehe ich höchstens mal die Reste im Mülleimer am Morgen nach ihren Treffen. Leere Weinflaschen und italienisches Feingebäck." „Nein, damit kann ich nicht dienen", entgegnete freimütig der Angesprochene. „Die Treffen sich, ja wann treffen die sich .. mal schauen," bei diesen Worten sprang der Redner auf und ging zu einem Jahresplaner an der Wand. „Aha, ja hier. Da haben Sie Glück gehabt, die treffen sich heute um 19.30 Uhr hier im Büro." „Was hier? Wie groß ist denn der Verein? Wissen Sie da genaueres." „Nein, nichts. Ich arbeite hier für die gemobbten Akademiker, auf Stundenbasis. Von der anderen Gruppe sehe ich höchstens mal die Reste im Mülleimer am Morgen nach ihren Treffen. Leere Weinflaschen und italienisches Feingebäck." „Das läßt tief blicken. Dann werde ich heute am Abend hier vorbei schauen. Besten Dank und tschüs", verabschiedete sich der Kommissar. Noch im Flur kam ihm eine Idee. Er griff in die Innentasche seiner Lederjacke und nahm das Diensthandy heraus. Die Meldung über einen Anruf beim Einschalten ignorierte er bewußt und rief sofort seine Kollegin an. „Frau Dierkes? Holen Sie mich bitte sofort vor dem Kuba in der Achtermannstraße ab." „Ja, äh, dann müßte ich aber ..." „Genau, ich brauche Sie jetzt für eine Befragung. Bringen Sie den Wagen, wir müssen nach Greven."

Auslandseinsatz

„Müssten wir uns für diese Fahrt nicht bei den Kollegen in Steinfurt anmelden?", fragte Dierkes den Kommissar „Warum denn das?" „Na, wir fahren doch nach Greven, um Professor Mertens zu befragen." „Genau, wie intelligent Sie doch sind." „Greven liegt im Kreis Steinfurt und dafür sind doch die Kollegen in der Kreisstadt Burgsteinfurt zuständig." „Sie meinen, wir sollten den Kollegen den Auftrag geben, den Professor Mertens in Vertretung für uns zu befragen?" „Nein, das natürlich nicht, aber sie sollten doch wissen, das wir hier im Kreis Steinfurt unterwegs sind." „Sie meinen, damit die lieben Kollegen in Steinfurt uns einen Passierschein zusenden können, mit dem wir die Grenze überschreiten dürfen." „Chef, Sie nehmen mich nicht ernst!" „Oh, nein, das stimmt nicht, ich nehme Sie sehr ernst. Nur das Thema nicht. Warum soll denn ein Kollege aus Steinfurt nach Greven fahren? Wissen Sie wie weit das ist? Egal, aber weiter als von unserm Büro nach Greven. Und dann denke ich, was das für ein Quatsch ist, wenn nicht wir, sondern irgendwelche Kollegen nach Greven fahren und eine Arbeit erledigen, über deren Hintergrund sie vielleicht aus der Zeitung wissen. Nee, da nehme ich gerne den möglichen Rüffel in Kauf und fahre selbst und mit Ihnen als Zeugin zu unserm Professor." „Sie sehen darin kein Problem?" „Nein, übrigens müßten sie gleich den Passierschein heraus holen, denn da vorne beginnt der Kreis Steinfurt", erklärte der Kommissar, nachdem der Dienstwagen die Unterführung unter der Autobahn A 1 bei Sprakel erreichte. Während er den Wagen in einem ihm genehmen Tempo über die Bundesstraße 219 auf Greven zu steuerte, schaute Kommissaranwärterin Dierkes in einen Stadtplan. „Wo ist denn dieser blöde Rilkeweg", hörte er sie leise murmeln. „Na, finden Sie die Straße?" „Ach, das ist hier so schlecht zu finden." „Wo müssen wir denn entlang fahren?" „Ja, erst mal gerade aus, über die Ems und danach der Hauptstraße folgen." Er ließ den Wagen in gleichmäßigem Tempo fahren, ohne sich um die von hinten drängelnden Verkehrsteilnehmer zu kümmern. Nach der Emsbrücke folgte er der Bundesstraße in eine weite Links- und eine anschließende Rechtskurve. „Vorsicht, langsamer fahren, da ist eine Ausfahrt", bemerkte seine Kollegin und schaute verwundert auf den Stadtplan. „Die fehlt hier auf dem Plan. Ach je, der ist ja noch von 1999, ein Jubiläumsplan zur Jahrtausendwende." „Na, dann bin ich mal auf die kommenden Überraschungen gespannt." „An der übernächsten Kreuzung müssen Sie nach links abbiegen, wieder über den Fluss" „Kreuzung ist ja ganz nett, aber zwischenzeitlich hat man sich hier dem Trend zum Kreisverkehr angeschlossen", bemerkte der Kommissar, als er den Wagen durch einen großen Kreisverkehr lenkte. „Oh, wie nett, hier gibt es sogar noch eine zusätzliche Fahrspur für Rechtsabbieger", ergänzte die Polizistin beim Blick aus dem Seitenfenster. „Beachten Sie auch den Kirchturm, ein wirklich seltenes Exemplar", erlaubte sich der Kommissar den Reiseleiter zu spielen. An der folgenden großen Kreuzung fuhr der Kommissar auf die linke Linksabbiegerspur und bog in die breite Straße über den Fluss und unter einer Bahnlinie ein. Auf Anweisung seiner Kollegin folgte er der Straße weiter, an einer Kirche vorbei, bis zu einem weiteren Kreisverkehr. „Biegen Sie hier sofort rechts ab, ja hier hinein, das muss die Straße sein, ja, stimmt, Grimmstraße." Im rasantem Tempo von 30 Stundenkilometern befuhren die beiden Polizisten die Anwohnerstraße im Westen von Greven. „Hier müssen wir aber bald beim Professor sein, Frau Kollegin." „Ich schau auch schon, aber ich weiß nicht, wo wir abbiegen sollen." Der Wagen passierte gerade eine Mittelinsel, als die Kommissaranwärterin ausrief: „Mist, da hätten wir abbiegen müssen." „Macht nichts, wir können auch wieder zurück fahren", beruhigte der Kommissar. An einer breiten Einmündung hielt er den Wagen. „Können wir hier in die Straße hinein fahren? Schwarzer Weg heißt sie." „Ja, genau, fahren Sie da hinein, dann müßte nach 100 Metern der Rilkeweg abgehen." Der Kommissar fuhr den Wagen in den Rilkeweg hinein und hielt nach wenigen Metern. „Welche Hausnummer?" „Was?" „In welchem Haus wohnt der Professor?" „Ach so, in der 5, Rilkeweg 5." „Das ist gut, dort ist die Nummer 5 und dort ist ein Pfahl in der Straße. Wir wären hier nicht weiter gekommen", stellte der Kommissar fest. Auf das Klingeln der Polizistin öffnete nach kurzem Warten Professor Mertens persönlich. „Ja?" „Mein Name ist Dierkes und das ist Oberkommissar Schimpanski vom Polizeipräsidium Münster. Wir arbeiten an der Mordsache Neuhaus." „Oh, deswegen kommen Sie extra nach Greven?" „Ja, wir erhoffen uns von Ihnen ein paar Antworten auf Fragen, die wir aktuell haben." „Kommen Sie herein, gehen sie bitte durch in das Wohnzimmer." Nachdem die beiden Polizisten Platz genommen hatten, ihnen Kaffee und Tee angeboten und dazu Gebäck auf dem Tisch plaziert worden war, setzte sich auch der Gastgeber mit den Worten: „Ja, eine traurige Sache, dieser plötzliche Tod des Kollegen Neuhaus. Aber, wie kann ich Ihnen helfen?" „Sie haben über Jahre mit dem Professor zusammen gearbeitet, deshalb würden wir gerne wissen, wie er so war, als Kollege und Leiter des Instituts." „Ich gehe davon aus, dass sie es schon erfahren haben oder in Kürze erfahren werden, die Beziehung zwischen uns beiden war nicht frei von Spannungen." „Worin bestanden diese?" „Es ging um die Führung des Instituts und seinen Umgang mit einzelnen Studenten. Da habe ich eine andere Ansicht vertreten. Leider war der Kollege Neuhaus für meine Argumente nur schwer empfänglich." „Es muss zu deutlichen Aussprachen gekommen sein?" „Schön gesagt, ja, es ist zu Unterredungen gekommen, die auch eine höhere Lautstärke erreichten." „Worum ging es dabei." „Unter anderem um sein Verhalten gegenüber dem Studenten Siegbert von Telgte." „Was war der Grund?" „Mein Kollege hatte ihn nicht zur Prüfung zugelassen, weil er sich an einigen Zitaten gestört hatte." „Davon haben wir schon gehört, aber wir würden es bitte von Ihnen etwas genauer erfahren." „Es geht um die Theorie eines Doktor Hubertus Willing. Nach der Phantasie dieses Herrn soll das frühe Mittelalter eine Erfindung späterer Jahrhunderte sei. Eine Idee, die von Leuten weiter gesponnen wird, die wohl auch an anderen Stellen Verschwörungen und Geheimbünde sehen." „Also eine versponnene Idee, die Ihr Kollege ablehnte?" „Ja, das stimmt. Dazu gibt es von Seiten der Mediävistik genügend Gegenargumente. Aber der liebe Kollege Neuhaus wollte in keiner Arbeit seiner Studenten dies behandelt wissen. Er lehnte jedes Eingehen auf diese Überlegungen strickt ab." „Der Student Siegbert von Telgte hatte aber dieses Verbot gebrochen?" „So hoch würde ich das gar nicht hängen. Er hat einige Sätze aus einem Buch des Herrn Willing zitiert, die auch an den Stellen in seiner Arbeit durchaus passten und die er mit Zitaten anderer Kollegen relativierte." „Somit ist der Student kein Befürworter der Idee?" „Das glaube ich nicht, er hat mir eine Kopie seiner Arbeit überlassen und ich konnte darin nichts finden, das darauf hinwies." „Aber für Professor Neuhaus reichte diese Erwähnung, um ihn von der Prüfung auszuschließen?" „Ja, leider. Das hat mehr geschadet als genutzt. Der Vater des Studenten hat sich eingeschaltet und seinen Rechtsanwalt ins Institut geschickt. Kennen Sie Rechtsanwalt Droste-Fischring? Ein ganz harter Knochen." „Aber Ihr Kollege hat nicht nach gegeben?" „Nein, ein echter alter Münsterländer Dickschädel ist das - gewesen. Der wollte es auf einen Prozess ankommen lassen. Einen Prozess, wegen so etwas. In der Institutsleitung, beim Dekan und im Rektorat der WWU war man zutiefst erschrocken über diese Entwicklung. Aber der Kollege war nicht zu bremsen." „Also hat sein Tod dem Institut einige Probleme aus dem Weg geräumt." „Herr Kommissar, so etwas ist ganz außerhalb jeder Überlegung. Den Mörder müssen Sie woanders als unter den Mitarbeitern der WWU suchen. Das ist eine ganz und gar abwegige Idee!", erregte sich der Professor. „Wissen Sie denn ob der Professor Feinde hatte?" „Feinde? Der Professor war eine Kapazität mit internationalem Renommee auf seinem Gebiet. Da gibt es zwar auf wissenschaftlicher Ebene unterschiedliche Meinungen zu bestimmten Themen, aber Feindschaft? Nein!" „Wie sahen denn die Planungen für seine Nachfolge aus, der

Professor hätte doch in zwei Jahren die Institutsleitung abgegeben." „Gut, das ist das zweite Thema, welches über die Flure als Gerücht wabert. Ja, ich mache mir Hoffnungen auf diese Position. Aber das ist auch kein Grund für einen Mord. Das ist eher ein kleiner Wettbewerb zwischen einigen Kollegen." „Der aber an die Nerven geht?" „Ja, das Klima ist dadurch schon belastet. Aber, nochmals gesagt, das ist kein Grund, den Kollegen zu töten." Die Rede des Professors unterbrach lauter Lärm. Kommissaranwärterin Dierkes drückte sich Finger in beide Ohren und schaute verwundert zur Decke. Nachdem kurze Zeit später das Geräusch etwas abgeklungen war, schaute sie den Professor fragend an. „Ja, das ist der Flughafen FMO, wie er in Kurzform genannt wird. Als wir vor 15 Jahren hier bauten, war es noch ruhig, aber in den letzten Jahren wird es immer schlimmer. Selbst bei Nacht starten und landen Flieger auf dem Flughafen Münster Osnabrück. Ich werde manchmal mitten in der Nacht wach, weil irgendeine Maschine den Landekorridor nicht nimmt, sondern hier über das Viertel donnert." „Dagegen ist mein Berufsverkehr in Münster am Ring ja ein angenehmes Säuseln." „Das glaub ich Ihnen sofort. Wenn die Kinder aus der Schule sind und irgendwo das Studium beginnen, dann sind wir hier auch weg. Nur das Haus, das werden wir wohl mit einem schönen Verlust verkaufen müssen." „Ich habe gelesen, dass die Landebahn erweitert werden soll." „Stimmt, dann werden die Flieger noch näher an Greven heran kommen und über unsere Köpfe hinweg donnern. Aber das dauert zum Glück noch einige Jahre. Vorher bin ich hier verschwunden." „Da haben Sie es aber gut. Andere können das nicht!" „Stimmt, aber wer es kann, der macht es. Haben Sie keine weiteren Fragen zum Fall?"

„Der Professor war wohl in der letzten Zeit im Stadtmuseum. Wissen Sie warum?" „Ach so, ja, so richtig ist der nicht mit der Sprache heraus gekommen, aber ich habe gehört, dass es ein Artikel im „Semsterfokus" gewesen ist, der ihn dazu gebracht hatte." „Ein Artikel im „Semsterfokus"? Worum ging es denn da." „Also, ich habe ihn nur überflogen, es ging um das Stadtjubiläum, die 1200-Jahre Münster. In dem Artikel hat jemand sich mit den Ausgrabungen der letzten Jahre beschäftigt. Sehr kritisch und wohl aus dem Umfeld des schon erwähnten Willing." „Und so ein Artikel hat den

Professor Neuhaus interessiert?" „Das habe ich auch nicht verstanden, aber es war so. Ich habe ihn nur überflogen, aber er war ganz nett erarbeitet. Fast nur Zitate der Kollegen aus dem Stadtmuseum, kein Hinweis auf Willing und seine Truppe. Aber warum der Kollege ...? Nein, da müssen Sie die Kollegen vom Stadtmuseum fragen. Doktor Gilbert Rommé und die Stadtarchäologin Caroline Dickens. Die beiden Kollegen befragen Sie besser deswegen." „Danke, das werden wir wohl machen müssen. Aber ich muss mich bei Ihnen, wie auch bei den anderen Personen, welche ich befrage, nach ihrem Aufenthalt während des Tatzeitpunkts erkundigen." „Ha, das ist was, bin ich verdächtig? Aber gut. Das war doch während der Mittagszeit?" „Ja, zwischen 12.30 und 13.00 Uhr." „Da habe ich sogar vier Zeugen für meine Abwesenheit. Ich war mit meinen vier Doktoranden im Domcafe. Wir haben die einzelnen Themen ihrer Arbeiten besprochen. Das ging so bis 13.30 Uhr, ja, genau. Wir hörten die Sirenen der Polizeiwagen und wunderten uns schon. Als wir dann aus dem Cafe heraus kamen, da sahen wir die Bescherung vor dem Fürstenberghaus." „Namen und Adressen können Sie uns angeben?" „Die Namen schon aber die Adressen nicht, die habe ich nicht dabei, aber ich kann sie Ihnen per Post, ach was, ich sende Ihnen eine E-Mail. Dann haben Sie Namen und Adressen der vier." „Gut, hier meine Visitenkarte mit Telefonnummer und E-Mail-Adresse. Dann wäre das auch geklärt. Danke für Ihre Gastfreundlichkeit, Herr Mertens." „Bitte und viel Erfolg bei den Ermittlungen."

---

2. Tag   *6. Kapitel*
Museumsgeflüster

Diese Alarmfarbe weist jeden Besucher der Stadt Münster, ob er will oder auch nicht den Eingang zu Münsters eigenem Museum. Große Plakate an der Fassade warben noch immer für die abgeschlossene große Ausstellung aus Anlaß der 1200-Jahr-Feier von katholischem Bistum und Stadt Münster. Der Kommissar interessierte sich nicht für die Sonderangebote zum Ausstellungsende, sondern begab sich umgehend zur Verkaufstheke für Werbeschnickschnack und Informationsschriften links vom Museumseingang. „Einen schönen guten Morgen, mein Name ist Schimpanski, ich bin Oberkommissar beim Präsidium und möchte den Herrn Museumsleiter Rommé sprechen", sagte er der überraschten Angestellten hinter dem Tresen. „Oh, die Polizei, ist denn etwas passiert?", erwiderte diese erschreckt. „Das möchte ich gerne mit dem Museumsdirektor besprechen. Wo hält er sich denn auf?" „Das würde ich auch gerne wissen. Vielleicht ist Herr Doktor Rommé in der Ausstellung und beaufsichtigt den Abbau, im 2.Stock, einfach die große Treppe da hinauf, an der Aufsicht vorbei und die Innentreppe nach links." „Danke, ich werde mal schauen ob ich ihn treffe", sagte der Kommissar und war schon auf den ersten Stufen der vom Architekten im freien Raum plazierten Aufgangstreppe in den 1. Stock. Nachdem er die für seinen Geschmack viel zu flachen Stufen der großen, steinernen Wendeltreppe um den runden Lichthof des Museums bis in den zweiten Stock genommen hatte, betrat er das, was noch von der Ausstellung über Liudger und seine Taten übrig geblieben war. Von ferne erkannte er zwischen Kisten, Kästen und Transportmitteln Gilbert Rommé, Leiter des Stadtmuseums Münster. Auf Fotos zu den Jubelfeierlichkeiten hatte er den markanten Kopf des öfteren betrachten dürfen. „Herr Rommé, ich bin Oberkommissar Schimpanski." „Oh, die Polizei? Nah, ich bin froh, dass wir Sie im Laufe der Ausstellung nicht benötigten. Es waren einige sehr wertvolle Gegenstände, alles Leihgaben, hier in diesen Räumen. Einen Einbruch gab es zum Glück nicht. Mir wird richtig flau im Magen, wenn ich daran nur denke." „Ich kann Sie in dieser Sache beruhigen, Herr Rommé, wegen der Ausstellung bin ich nicht gekommen. Es wäre besser, wenn ich dies nur mit Ihnen persönlich besprechen könnte."Alle Anwesenden schauten auf und guckten erst zum Kommissar und dann den Direktor an. Eine merkwürdige Ruhe schwebte über der Szene. „Gut, wenn Sie meinen, dann kommen Sie mit in mein Büro, dort sind wir ungestört", der Stimme des Museumsdirektors merkte der Kommissar an, das ihm dies nicht gefiel. „Kollegin Dickens, ich bin mit dem Kommissar in meinem Büro, übernehmen Sie hier die Verantwortung." „Natürlich, aber schauen sie später noch wegen der Pergamente für Essen-Werden vorbei." „Wird gemacht. Kommen Sie mit Herr Kommissar." Der Kommissar hatte sich vor ein paar Jahren die große Ausstellung über die Wiedertäufer von Münster angeschaut und kannte daher sowie durch Geschäftsbummel in der Einkaufspassage den öffentlichen Museumsteil. Dem Museumsleiter folgend betrat er jetzt den ihm unbekannten Verwaltungstrakt. Durch Flure und ein Treppenhaus führte ihn der Museumsleiter in sein Büro. „So, da sind wir. Nehmen Sie Platz, Herr Kommissar. Ja", Herr Rommé hielt kurz inne, während er sich hinsetzte, „womit kann ich Ihnen dienen? Was wünschen Sie?" „Ich komme mit einer sehr unangenehmen Nachricht. Professor Doktor Neuhaus wurde ermordet. Heute in seinem Büro." „Was?", die Reaktion des Museumsdirektors war sehr heftig. Er schaute den Kommissar mit einem bestürzten Blick an. „Wie ist das geschehen? Das ist ja eine schreckliche Geschichte, so ein verdienter Mann. So ein plötzlicher Tod!" Der Direktor war sichtlich erschrocken. „Wer kann nur auf die Idee kommen, einen solch verdienten Mann zu töten? Ich versteh das nicht." „Da geht es mir wie Ihnen und zwar bei jedem Mord, den ich zu bearbeiten habe." Der Direktor schaute den Kommissar ungläubig an. Dann griff er in eine Schreibtischschublade, holte eine Flasche Rotwein heraus und nahm eine Schluck direkt aus der Flasche. Nach einer Minute, in der er seinen Gedanken nachhing, blickte er wieder zum Kommissar hinüber. „Ich verstehe, bei mir ist es das erste Mal, bei dem ich persönlich betroffen bin. Was wünschen Sie denn von mir zu wissen? Ich will gerne bei der Aufklärung dieses Verbrechens helfen." „Danke für Ihre Unterstützung. Zunächst möchte ich wissen, weshalb der Professor Sie in letzter Zeit mehrfach besuchte?" „Natürlich können Sie dies erfahren, aber es dürfte sich dabei nicht um etwas handeln, daß zu seiner Ermordung geführt hat. Es ging um einen Text, den der Herr Professor in einem der münsterschen Studentenblättchen gelesen hatte. Ich weiß auch nicht, warum ihn das so beeindruckt hatte, aber er wollte von mir eine Einschätzung haben." „Um welchen Artikel handelte es sich denn?" „Sekunde", meinte der Museumsdirektor, während er in einer Schublade seines Schreibtisches suchte. Nachdem er ein Notizbuch heraus genommen und darin geblättert hatte, informierte er den Kommissar: "Der Artikel hatte die Überschrift „Fluch des Pergaments" von einem Walter von Theile, ein Text, der im „Semesterfokus" abgedruckt worden war." „Und was haben Sie ihm dazu gesagt?" „Alles quatsch. Der Schreiber hatte sich da völlig verrannt, eine fixe Idee." „Was für eine Idee denn?" „Ja, gut, ich kann Ihnen dazu etwas sagen, aber, was hat das mit dem Mord am Professor zu tun?", fragte der Museumsleiter. „Das kann ich nicht sagen, aber besser, ich höre es mal, als dass ich deswegen nochmals komme." „Warten Sie kurz", erwiderte Rommé und sprang auf, ging zur Tür und fragte seine Sekretärin: „Haben Sie noch diesen Artikel aus dem „Semesterfokus"? Die Texte über die ich mit dem Kollegen Neuhaus gesprochen hatte? Ja. Gut, dann machen Sie bitte kurz eine Kopie, ach Sie haben noch eine, gut, dann geben Sie mal her. Danke." Zurück am Schreibtisch erhielt Schimpanski die Kopien, bei deren Betrachtung er sofort an die Seiten aus der Beleidigungsklage erinnert wurde. „Den Text kenne ich, Herr Rommé." „Lesen Sie den „Semesterfokus"? Das ist aber interessant, weil ansonsten den nur Studenten an der Uni lesen." „Nein, rein dienstlich habe ich die Texte gelesen. Es gibt eine Beleidigungsklage gegen den Autor." „Ach, mir ist die Sache eher peinlich, habe mich da von meinen Kolleginnen überreden lassen. Heute würde ich die Klage nicht mehr unterstützen." „Warum denn das?" „Ach, dieser Autor fühlt sich doch jetzt richtig wichtig. Fühlt sich als eine Art Märtyrer für die spinnigen Ideen dieses Doktor Willing. Nein, die Anzeige hat mehr Werbung für die Texte gebracht als die Artikel selber." „Wie meinen Sie das?" „Na, ganz einfach. In der aktuellen Ausgabe vom „Semsterfokus" ist die Anzeige von uns und die Antwort von dem Schreiberling abgedruckt. Zudem noch eine so genannte Stellungnahme von diesem Verein für wissenschaftliche Geschichtsbearbeitung oder wie der heißt. Die ziehen die Klage und das ganze jetzt in die große Öffentlichkeit." „Was haben in diesem Zusammenhang die Besuche des Professors zu bedeuten gehabt?", möchte der Kommissar wissen. „Der hatte die Artikel gelesen und wollte meine Meinung dazu hören. Ich habe ihm dann ausgelegt, wie unwissenschaftlich dieser von Theile gearbeitet hat. Irgendwelche Zitate zusammen gesucht und abgedruckt. Aus diesen Halbzitaten hat er dann seine phantasievollen Rückschlüsse gezogen. Das hat aber weder Hand noch Fuß." „Um welche Idee handelt es sich denn überhaupt? In den Artikeln hier", bei diesen Worten hielt der Kommissar die Blätter in die Höhe, „wird doch nur Kritik an der Archäologie geäußert?" „Ja, das ist das intelligente an den Texten von diesem Theile. Er zitiert fast nur aus unserem Katalog zur Liudger-Ausstellung, seitenweise Zitate. Den eigentlichen Hintergrund für seine Idee läßt er bewußt im Dunkeln." „Und welcher ist das?" „Diese Theorie von diesem Privatgelehrten Willing, Doktor Willing." „Das sagt mir nichts." „Sollte auch besser so bleiben, aber wegen des Mordes muss ich es Ihnen erklären. Vor ungefähr 10 Jahren kam dieser Gelehrte mit seiner Idee in die Öffentlichkeit, wonach das Mittelalter reine Phantasie sei." „Das habe ich in dem Text hier nicht gelesen", bemerkte der Kommissar. „Das ist ja der Trick in dem Text. Die Idee geht davon aus, dass das frühe Mittelalter, Karl der Große und seine Nachfahren, alles nur eine Erfindung späterer Jahrhunderte sei. Alles im elften, zwölften oder dreizehnten Jahrhundert aufgeschrieben." „Aber das ist nur eine schöne Theorie ohne Grundlage, sagen Sie." „Nicht nur ich, sondern die gesamte Gemeinde der Mittelalterforscher, der Mediävistik, wie sie im Fachbegriff heißt. Es gibt da nur eine Truppe von Freizeitforschern, wozu der Autor vom „Semesterfocus" auch gehört, und Halbwissenschaftler, die ihren Vorstellungen nachlaufen. Als wissenschaftliches Aushängeschild haben sie einen Professor aus Hamburg, aber ansonsten ist dort keine akademische Kapazität dabei." „Und Sie mit Ihrer Arbeit hier in Münster haben das Gegenteil der Vorstellungen von dem Schreiber dieser Artikel belegt?" „Ja, mit den Grabungen meiner Kolleginnen und anderer hier in Münster, auf dem Domhügel und unter dem Dom." „Aha, danke für diese Information. Warum sind dann aber Ihre Kolleginnen so auf die Palme gegangen, dass sie diese Anzeige stellten?" „Ja, das sind die Unterstellungen in dem Text. Darin werden wir Archäologen doch als blinde Textgläubige beschimpft, die ihren eigenen Funden keinen Glauben schenken. So ein böswilliger Quatsch!" „Wenn ich mich recht erinnere, bestehen diese Artikel zum größten Teil aus Zitaten, die aus dem Katalog zur Liudger-Ausstellung genommen worden sind. Damit hat er seine Überlegungen zur Geschichte Münsters begründet." „Das ist sehr höflich ausgedrückt. Der hat die Sätze, die ihm passten, genommen und dann gesagt: „Seht ihr, ihr habt es doch selber geschrieben!" So was kann man doch nicht als seriös bezeichnen." „Professor Neuhaus war aber davon angetan?" „Na ja, nicht so richtig. Er wollte sich aber bei uns vergewissern, dass da nichts falsch dargestellt worden ist. Immerhin geht es um die Gründung Münsters und des Bistums." „Was hat er denn hier gemacht?" „Wir haben zusammen die verschiedenen Ausstellungsobjekte untersucht, dazu die wissenschaftlichen Expertisen zu einzelnen Gegenständen gelesen. Danach war der Kollege zufrieden." „Sie haben ihn überzeugt, dass es nichts auf sich hatte mit dem Text?" „Ja, davon gehe ich aus. Er hat später nochmals vorbei geschaut und war auch nach Essen ins Kloster Werden gefahren, um dort Urkunden und Originaltexte zu lesen. Aber Professor Neuhaus zeigte sich von meinen Argumenten beeindruckt und überzeugt." „Er zeigte keine Zweifel oder Fragen zu Ihren Argumenten?" „Nein, nichts." „Wann war denn der letzte Besuch bei Ihnen?" „Oh, das ist schon länger her, muss so vor einem Monat oder so gewesen sein." „Haben Sie denn eine Idee wegen seiner Ermordung. Wissen Sie etwas über Feinde?" „Feinde? Nein, nichts. Gut, jeder der eine Position wie der Professor bekleidet, hat Neider und Kollegen, die gerne seine Position einnehmen würden, aber Feinde? Nein!" „Jetzt noch eine rein formale Frage, die Sie bitte nicht persönlich nehmen dürfen! Wo waren Sie heute Mittag zwischen 12.30 und 13.30 Uhr?" „Hahahaa", Museumsleiter Rommé mußte laut auflachen. „Die Frage wird mir gestellt, das muss ich meinen Freunden erzählen. Wo war ich wohl im Mittag? Hier im Museum! Die Liudger-Ausstellung wird abgebaut, da muss ich dabei sein. Das verlangt schon die Versicherung." „Also waren Sie hier im Museum beim Abbau der Ausstellung?" Mit einem Lächeln im Gesicht antwortete Rommé: „Jawoll! Herr Kommissar. Meine Kollegin Dickens kann das bestätigen." „Danke, Herr Rommé, nehmen Sie bitte die letzte Frage nicht persönlich." „Nehme ich nicht, war nur verwundert, das mir diese Frage, die man ja in jedem Krimi hört, gestellt wird."

---

2. Tag   7. Kapitel

Studentenschmerz

Pünktlich um 19.20Uhr stand der Kommissar trotz des Ausflugs nach Greven und in das Stadtmuseum wieder vor dem Haus in der Achtermannstraße und ließ sich auch nicht von den karibischen Rhythmen aus der Kneipe von seinem Vorhaben ablenken. Diesmal sah er schon beim Eintreten in den Flur den Unterschied zum Nachmittag. Die Tür stand auf, ein computergedrucktes Schild an der Wand wies dem Unwissenden den Weg und Gesprächslärm drang aus dem Zimmer in den Flur. Diesmal klopfte er nicht an, sondern blieb beobachtend in der offenen Tür stehen. Eine Gruppe von vier Studenten hatte die Stühle im Zimmer um einen der Schreibtische zusammen gestellt und sich darauf nieder gelassen. Sie erwarteten niemanden mehr und schauten deshalb recht überrascht über den Neuen in ihrer Runde. „He, Walter, es wird eng, wir haben noch einen Gast", bemerkte einer. „Wie? Oh, klar, ein weiterer Stuhl. Kommen Sie herein. Ich hole noch zwei Stühle", sagte der Angesprochene und ging schnell am Kommissar vorbei in den Flur. Keine Minute später erschien er mit zwei Stühlen und stellte diese an den Schreibtisch. „Nehmen Sie Platz, wir fangen gleich an", lud der, der auf den Namen Walter hörte, den Kommissar zum Hinsetzen ein. „Danke, aber ich muss sie sofort enttäuschen. Ich bin nicht wegen der Thematik des Abends gekommen." „Nein, und ich dachte ... ", zeigte sich Walter enttäuscht. „Nein, ich komme von der Polizei, Oberkommissar Schimpanski, und bearbeite einen Mordfall." „Einen Mord? Und deshalb kommen Sie hier hin? Wer ist denn ermordet worden", fragte der, den der Kommissar als Walter kannte. „Der getötete ist Professor Doktor Neuhaus." Betroffen schauten sich die vier Studenten gegenseitig an. Erst nach einiger Zeit erholten sie sich von der Nachricht und der Wortführer ergriff erneut das Wort: „Das ist eine sehr bedauerliche Nachricht. Aber warum sind Sie zu uns gekommen, Herr Kommissar? Sie glauben doch nicht im Ernst, dass wir etwas mit diesem Mord zu tun haben könnten?" „Ich ermittle erst einmal in alle möglichen Richtungen. Und da bin ich gezwungen auch hier zu forschen. Deshalb brauche ich erst einmal Ihre Namen und Adressen." „Nichts leichter als das. Hier im Flyer steht alles", meldete sich erneut Walter und reichte dem Kommissar ein selbst gebasteltes und kopiertes Faltblatt. Der Kommissar blätterte die Information durch und fand auf der letzten Seite die Namen der vier Vorstandsmitglieder. „Ein schöner Verein, wo die vier Aktiven gleich den Vorstand bilden. Gibt es sonst keine Mitglieder?" „Doch schon, nur wollte niemand die Vorstandsarbeit leisten", antwortete erneut Walter. „Gut, dann möchte ich doch wissen wer hier wer ist? Also Sie sind Walter?" „Walter Dickmann, wie die Schokoschaumdickmacher." „Ja, danke", der Kommissar notierte den Namen auf dem Faltblatt. „Und wer ist Georg Jansen? Sie! Danke. Und Klaus-Dieter Thau? Ja, danke. Dann müssen Sie Josef Lindenbaum sein. Dann hätte ich dies klar." Die vier Studenten schauten den Kommissar erwartungsvoll, aber auch mit einem unwohlen Gefühl zu. „So, da Sie unsere Namen haben, was wollen Sie von uns?", fragte Walter den Kommissar, nachdem etwa eine Minute ohne jedes Wort vergangen war. „Ja, was will ich wohl wissen? Professor Neuhaus wurde ermordet, in seinem Büro ermordet. Was sagen Sie dazu?" Die Studenten schauten den Kommissar an. Erst nach einigen Sekunden antwortete Walter: „Was sollen wir zu so etwas sagen? Natürlich eine schlimme Sache" „Ganz ohne Frage. Die Tat eines bösen Menschen", ergänzte Georg seinen Kommilitonen. „Warum bringt jemand einen Professor um?", stellte Josef Lindenbaum die entscheidende Frage. „Ja, warum. Diese Frage stelle ich mir immer wieder, wenn ich zu einem Mord komme. Bisher habe ich keine vernünftige Antwort gefunden. Es gab immer irgendwelche Gründe für eine bestimmte Tat. Aber eine generelle Antwort ... ?", nach einer kurzen Pause fuhr der Kommissar fort: „Ein Grund könnte Hass auf den Professor gewesen sein, beispielsweise weil ein Schein nicht gegeben, eine Prüfung schlecht benotet wurde oder etwas Ähnliches." „Ah, daher weht der Wind. Weil wir Stress mit dem Professor hatten, sind wir potentielle Mörder?" „So kann man es betrachten. Sie haben doch nur als lauter Spaß dieses Büro hier? Da gibt es doch bestimmt eine Geschichte." „Stimmt, aber nicht so eine wie Sie denken." „Wie soll ich denn denken?" „Na, der stahlharte Professor, der jeden Studenten, der nicht seine Theorie übernimmt, kalt abserviert." „Und was soll ich denken? Etwa, dass Sie aus lauter Fürsorge für Professor Neuhaus hier ihre Tätigkeit aus der Uni in diese gastfreundlichen Räume verlegt haben? Das ist doch etwas weit hergeholt - oder?" „Stimmt, für Sie muss das so aussehen." „Stimmt doch auch", mischte sich Georg ein, „Wir hatten beim Professor keine Chance mehr. Deshalb sind wir doch hierhin." „Das schon, aber wir haben auch bei anderen Prof's weiter studieren können", beschwichtigte Walter. „Also gab es Professoren, die Ihnen Ihr weiteres Studium ermöglichten." „Ja, der Professor Mertens zum Beispiel. Bei dem konnten wir weiter in den Pflichtvorlesungen und Seminaren arbeiten", ergänzte Klaus-Dieter seinen Vorredner. „Aber sie mußten das Fürstenberghaus verlassen, wenn sie sich als Verein trafen?", fragte der Kommissar. „Ja, das war aber auch wegen der Kommilitonen wichtig. Da gibt es richtige Neuhaus-Fans, die uns das Leben schwer machten. Uns immer stichelten", erklärte Walter. „So richtige Opportunisten, die dem Professor immer hinterher wieselten und nur „Ja", „Ja", sagen und Bücklinge machten. Echt zum Kotzen!", schimpfte Georg Jansen.

„Also beste Gründe sich am Professor mal so richtig auszulassen?" „Ach, quatsch. Den konnte man doch nicht mehr verändern. Wir warteten nur noch auf seine Pensionierung, dann wäre es wohl besser geworden." „Da kann man doch auch etwas nachhelfen?" „Herr Kommissar, ich weiß nicht, ob Sie auf etwas anderes hinaus wollen als uns in eine Mörderecke zu stellen. Als Sprecher des Vereins für wissenschaftliche Geschichtsaufarbeitung weise ich jeden Verdacht in diese Richtung auf das Schärfste zurück." „Ja, ja, da bin ich wohl etwas zu weit gegangen. Gibt es denn jemanden, dem Sie die Tat zutrauen? Ein Student der auch von besonderen Erziehungsmethoden des Herrn Professors beeinträchtigt worden ist?"

„Vielleicht der ... " „Sei still!", unterbrach Walter Klaus-Dieter. „Lass doch, der Kommissar erfährt es doch sowieso", beruhigte Georg. „Gut dann sag ich es", resignierte Walter, „Der Klaus-Dieter wollte den Siegbert von Telgte nennen. Dessen Abschlussarbeit wurde vom Professor Neuhaus nicht angenommen. Er muß sie überarbeiten und kann sie erst ein Semester später abgeben." „Warum denn das? Das ist doch ein starker Rüffel?" „Ja, der Siegbert hat auch ziemlich getobt im Seminar. Sein Vater hatte es dann wohl auch noch beim Professor versucht. Und selbst der Droste wurde eingeschaltet", erzählte Josef dem Kommissar. „Welcher Droste?" „Der Droste-Fischring, der Rechtsanwalt?" „Ja, genau der", ergänzte Walter. „Bei dem Geschrei im Seminar muss der Siegbert dem Professor wohl gedroht haben. Naja und da war es mit einem Besuch des Vaters nicht mehr genug, da mußte der Rechtsanwalt die Wogen glätten." „Und warum war das ganze entstanden? War denn die Arbeit so schlecht, dass er sie ein halbes Jahr lang überarbeiten muß?" „Nein, gar nicht, das wäre an einem Nachmittag erledigt gewesen. Es ging nur um ein paar Zitate, ein Absatz im Schlusskapitel und drei Bücher in der Literaturliste. Mehr nicht." Dem Kommissar wurde es zu dumm: „Jetzt aber mal Ross und Reiter! Was war der Grund?" „Also, in seiner Arbeit hatte der Siegbert aus den Büchern von Doktor Willing zitiert. Sie kennen Doktor Willing?" „Nein, aber es ist doch guter wissenschaftlicher Brauch, Zitate in Arbeiten aufzunehmen und diese in der Literaturliste aufzuführen. Was ist daran falsch?" „Bei jedem anderen Professor mag das stimmen. Bei Professor Neuhaus und Doktor Willing ist das eine andere Sache. Der Doktor Willing hat die Theorie aufgestellt, dass das Mittelalter eine Erfindung sei." „Ach was? Eine Erfindung! Und wie kommt der darauf?" „Das hier darzulegen würde wohl etwas lange dauern. Aber soviel, der Professor hält den Doktor für einen Scharlatan, einen unwissenschaftlichen Quacksalber und Egomanen. Deshalb duldet er keine Erwähnung von ihm in wissenschaftlichen Arbeiten." „Nicht nur dort, auch in Beiträgen zu seinen Seminaren, Hausaufgaben, ja selbst in Wortmeldungen. Jede Erwähnung dieser Theorie vom erfundenen Mittelalter ist tabu und wird mit Punktabzug und Notensenkung bestraft." „Aha, und gegen diesen Kodex hatte der Herr von Telgte verstoßen?" „Stimmt", bestätigte Walter. „Und dafür durfte er trotz ansonsten guter Noten eine Runde mehr drehen im Seminar. Dabei hatte sein Vater schon beim Professor Kaufmann einen Praktikumsplatz bei den Ausgrabungen in Troia für ihn besorgt. Wie der das bloß geschafft hat?" „Das tut weh. Da kann ich mir eine unerwartete Reaktion gut vorstellen", meinte der Kommissar gegenüber den Studenten, ohne ihnen sein Wissen um diesen Sachverhalt mitzuteilen. „Ja, und weil das so drastisch ist, haben wir mit einigen Freunden den Verein gegründet und treffen uns hier im Kuba", resümierte Walter. „Wir geben auch ein kleines Blättchen heraus, „Der Zeitenspiegel", eine Möglichkeit für uns, die Theorie und neuere Erkenntnisse im Fachbereich und an der Uni zu verbreiten." „Wer finanziert Euch denn? Das kostet doch Geld!" „Es gibt ein paar an der Uni die uns unterstützen, nicht nur wegen der Theorie, sondern wegen der Freiheit der Forschung. Die finden den Professor in seinem Verhalten nicht wissenschaftlich, die zahlen uns etwas zu den Druckkosten", teilt Walter dem Kommissar mit. „Und die Werbung für eine linke Buchhandlung", ergänzte Josef Lindenbaum. „Ich habe einen Fall bei mir auf dem Schreibtisch, der mich an diese Idee mit dem erfundenen Mittelalter erinnert. Es muss in den letzten Monaten eine Artikelreihe im „Semesterfokus" gegeben haben, aber nur zu Münster ..." „Ja, das hat uns auch überrascht. War aber ganz schön. Ein Walter von Theile aus Warendorf hatte da über Münsters 1.200-Jahre-Jubiläum geschrieben. Hat den Katalog zur Ausstellung über Liudger als Grundlage für eine kritische Analyse der archäologischen Funde hier in Münster genommen. Feiner Text, eine Zusammenstellung von Zitaten. Leider kennen wir den Autor nicht. Der arbeitet auch nicht bei uns mit. Schade. Wir überlegen, die Texte aus dem „Semesterfokus" als Broschüre heraus zu geben."

„Danke für die Informationen, jetzt weiß ich besser Bescheid", schloss der Kommissar die Befragung. „Sie werden mir aber noch mitteilen müssen, wo sie zum fraglichen Zeitpunkt der Tat, heute zwischen 12.00 und 13.00 Uhr gewesen sind. Die Benennung von Zeugen wäre nicht falsch." „Walter und ich waren zusammen in der Alten Mensa am Aasee. So von 11.30 bis 13.00 Uhr. Da waren die Gitte und der Rolf Raff dabei." „Genau" „Schreibt mir das auf. Dann kann ich auch gehen." Während die vier Studenten notierten, wo sie zum Tatzeitpunkt gewesen waren, schaute sich Schimpanski die Auslagen des Vereins an. In einem Regal hatte jede der drei Initiativen zwei Fächer für sich. Aus den Fächer der Geschichtler nahm er sich jeweils ein Exemplar der aktuellsten Ausgabe vom „Zeitenspiegel" sowie weitere Informationen. „Herr Kommissar, hier sind die Angaben wegen der Tatzeit." „Danke", antwortete dieser und steckte sie mit dem Informationsmaterial in seine Tasche. Beim Verlassen der Runde wünschte er ihnen noch einen angenehmen Abend, um sich dann selbst zu tadeln, dass er auf einen solchen heute verzichtete.

---

2. Tag   8. Kapitel

Denkarbeit

Nach der Rückkehr ins Büro rief Schimpanski Kommissaranwärterin Dierkes zu sich. „Kollegin Dierkes, wir brauchen eine Pinnwand für die Ermittlungen." „Wofür denn das?" Der Kommissar atmete tief durch: „Haben Sie noch nie einen Krimi im Fernsehen gesehen? Wo so hoch intelligente mediale Kopien unserer Zunft vor allerlei Bilderchen und Texten stehen und sich über die eigenen Wehwehchen unterhalten? Natürlich brauch´ ich die Pinnwand, um Ergebnisse der Ermittlungen und Hinweise auf das Umfeld des Opfers daran zu befestigen." „Aha, ja, richtig, hatte ich vergessen. Mal schauen, wo ich eine solche Wand finde." „Viel Erfolg." Während er die Schritte seiner Kollegin auf dem Flur langsam leiser werden hörte, ging er zu seinem Computer und ließ ihn hochfahren. Als die High-Tech einsatzbereit war, suchte er nach der Internetseite der Westfälischen Wilhelms-Universität. Hier suchte er die Seiten des Historischen Institutes auf. Nachdem er sich von einer Seite zur nächsten gehangelt hatte, kam er doch noch auf jene mit Daten über Professor Neuhaus. Zuerst befahl der Kommissar seinem Computer, das Foto und die Lebensdaten auszudrucken. Dann schaute er die Seiten mit den Vorlesungen und anderen Terminen des Professors durch. Danach ging er zu den abgespeicherten Vorlesungstexten und Fachbeiträgen hinüber. Hier druckte er Seiten mit Tagesordnungen von Fachkonferenzen und Kongressen aus, auf denen der Professor gesprochen hatte. Langsam verdichtete sich das Bild eines bekannten und in seinem Fach sehr angesehenen Wissenschaftlers. Auf in- und ausländischen Kongressen war er in den vergangenen Jahren häufiger Gastredner und Diskussionsteilnehmer. Plötzlich wurde die Bürotür geöffnet und seine Kollegin brachte zusammen mit einem anderen Polizisten eine Stellwand herein. „Wo soll ich sie hinstellen?", fragte sie. „Da vorne, so dass der Lichtstrahler auf sie scheint." Die Stellwand wurde an dem besagten Platz im Lichtkegel eines Strahlers abgestellt. Als die beiden Polizisten den Raum verlassen wollten, rief der Kommissar: „Kollegin Dierkes, ich brauche Sie hier." „Ja?" „Sie haben doch nichts Wichtiges zu tun?" „Ja, äh eigentlich nicht." „Gut, wenn doch, werde ich das mit dem Polizeirat klären." „Was soll ich denn machen?" „Ich habe hier einige Seiten aus dem Internet ausgedruckt. Das sind Seiten über den Professor. Schauen Sie die mal durch." Die Polizistin machte es sich in einem Sessel gemütlich und las in den ausgedruckten Seiten. „Dieser Professor war ja wohl eine besondere Kapazität auf seinem Gebiet, wenn ich die ganzen Reden sehe, die er gehalten hat", bemerkte die Polizistin beim Lesen. „Das scheint so zu sein. Allein die Einladungen zu nationalen und internationalen Kongressen. Vor kurzem war er noch in einer „Sommerschule" über das Mittelalter in Aachen mit Kollegen aus Frankreich, Italien und Russland." „Was soll ich denn jetzt mit den Papieren machen?" „Schneiden Sie das Foto von dem Professor aus und hängen es in die Mitte der Wand, an den oberen Rand. Darunter die persönlichen Daten. Darunter die Infos über die Mitgliedschaft in irgendwelchen Vereinen, Wissenschaftlertreffen und ähnlichem. Ich will mir damit ein Bild von dem Opfer und seinem Umfeld machen." Während die Polizistin mit Schere und Nadeln den Auftrag ausführte, druckte der Kommissar weitere Seiten aus dem Internetangebot der Uni Münster. „So, hier habe ich die weiteren Seiten, ein „Augsburger Arbeitskreis für mittelalterliche Geschichte", in dem unser Opfer Mitglied ist, äh, war. Ach je, das ist ja auf spanisch, aber gut, der Titel und die Namen sind wichtig", kommentierte der Kommissar eine ausgedruckte Seite. „Ein Mittelalterzentrum in Berlin hatte auch das Vergnügen eines Vortrags durch ihn. Hängen Sie den Briefkopf zu den anderen Hinweisen", erging ein weiterer Auftrag an die Kollegin. Nachdem er die Seiten zum Professor abgegrast hatte, wendete sich Schimpanski dem Leitungsgremium der Historiker an der Uni zu. „So, da hätten wir jemanden, der einen Vorteil durch diese Tat hat, den Stellvertreter von Professor Neuhaus, Mertens mit Namen. Auch hier ein Foto und etwas zu seinem Leben, Frau Kollegin." Langsam füllte sich die Wand mit Hinweisen auf den Professor und seine Kollegen. „Gut so, jetzt haben wir das Opfer und die Kollegen bei den Historikern. Der noch freie Teil der Wand bleibt für die möglichen Täter frei. Da gibt es derzeit nur wenig zu schreiben." „Stimmt, Herr Kommissar." „Aber einen Namen haben wir, Siegbert von Telgte. Schreiben Sie den auf einen Zettel und heften Sie ihn an die Wand. Ich schau mal im Internet nach." Während er der Kollegin beim Anbringen der Papiere zuschaute, fiel dem Kommissar etwas auf: „Wo haben wir denn Fotos vom Tatort? Die gehören doch auch dazu!" „Die Fotos sind in dem braunen Umschlag auf Ihrem Schreibtisch." Schimpanski sprang auf und ging um den Tisch zu seinem Sessel, aber er fand keinen braunen Umschlag auf dem Tischschoner. „Wo denn?", fragte er sich selbst laut. „Na, haben Sie die Papiere wieder in eine ihrer Schubladen verstaut?", bemerkte seine Kollegin spitz. Er öffnete eine Schublade und griff hinein. Hier lagen zwei braune Umschläge der Größe DIN-A-4. Er hatte den Umschlag mit den Fotos einfach in die Schublade gelegt, um sie später mal anzuschauen. Er nahm beide Umschläge heraus und legte sie vor sich auf den Tisch. Nach dem Öffnen des einen Umschlags griff er hinein und hielt einen Wust an bedruckten Seiten in Händen. „Oh, das hätte ich ja auch fast vergessen, der Buchausdruck von diesem Doktor Hubertus Willing", sagte er halblaut. Den Texte wollte er gelesen haben, hatte es aber über die Ermittlungen vergessen. Deshalb legte er den Umschlag nicht in seinen Schreibtisch zurück, sondern sofort in seine Ledertasche. Dabei nahm er sich vor, den Buchausdruck am Abend vorzunehmen und auf mögliche Hinweise für den Fall durchzuschauen. „Und die Fotos?", fragte seine Kollegin. „Die sind hier", antwortete er und winkte mit dem zweiten Umschlag, „hängen Sie die aussagekräftigsten an die Wand. So eine Übersicht über den Tatort, die Lage des Toten am Schreibtisch." Danach setzte er seine Suche im Internet fort. „Den Vater von diesem Studenten finde ich recht häufig im Internet, aber der Sohn ist nicht zu finden", bemerkte er nach einigen Minuten ohne Gespräch. „Ah, hier ist etwas, ja eine Seite über seinen Vater mit einem Bild, auf dem der Sohnemann auch drauf ist." Er betätigte den Druckauftrag und gab das Foto seiner Kollegin weiter. „Was haben Sie denn über diese Studentengruppe, bei der Sie heute Abend noch waren?" „Ja, das schaue ich mal nach", antwortete der Kommissar und gab Suchbegriffe ein. „Nein, nichts Richtiges gefunden. Ein kleiner Hinweis mit einigen Stichworten aber kein Internetauftritt oder vergleichbares. Ich schaue mal die Namen durch." Auch dieser Versuch brachte nicht den erhofften Erfolg. Lediglich unter Walter Dickmann fand sich ein Text im „Semesterfokus" mit einer kleinen Vorstellung des Vereins. Für die anderen drei Namen fanden sich keine Hinweise. Nur den Ausdruck über die Vorstellung des Studentenvereins brachte der Kommissar seiner Kollegin für die Pinnwand. Dann betrachtete er sich das Werk, ging einige Zeit seinen Gedanken nach und wendete sich an die Kommissaranwärterin. „So, das wäre es für heute. Ich mach jetzt Schluss. Wie lange geht noch Ihr Dienst?" „Bis 23.00 Uhr, dann kommen die Kollegen für die Nachtschicht." „Dann machen Sie sich schon mal auf den Weg. Ich hoffe es hat Ihnen gefallen, mal in die Ermittlungsarbeit hinein zu schnüffeln." „Klar, das war sehr interessant." „Naja, dieses Papiere sammeln und aufhängen ist natürlich nicht so prickelnd wie eine zünftige Verfolgungsjagd oder das Stellen eines Täters, aber sie gehört auch zur Ermittlungsarbeit und hat einen wichtigen Anteil an der Aufklärung." Zum Lesen der Seiten kam der Kommissar an diesem Abend nicht mehr, müde fiel er in einen unruhigen Schlaf, in dem neben dem Fall auch die Erinnerungen an seine Exfreundin eine Rolle spielten.

---

3. Tag   *1. Kapitel*
Vorlesung

Pünktlich um kurz vor halb Neun erschien Oberkommissar Schimpanski vor dem Hörsaal F1 im Fürstenberghaus am Domplatz. Die Vorlesungen von Professor Neuhaus müssen wichtig oder gut sein, dachte der Kommissar, denn viele Studenten bevölkerten die Ränge im Saal. Einige hatten die aktuellen Ausgaben der Münsterschen Zeitungen dabei und lasen darin. Andere unterhielten sich mit Kommilitonen über das einzig wichtige Thema an diesem Tag. Der Kommissar ging langsam die Treppe am linken Rand des Hörsaal hinunter und lehnte sich am unteren Ende an die Wand. Von hier hatte er einen guten Blick auf die Studenten und ihre Aktivitäten. Pünktlich zum Beginn der Vorlesung erschien Doktor Temming in der mittleren der drei Eingangstüren. Zuerst wurde er nur von einzelnen Studenten erkannt, die ihre Nachbarn auf ihn hinwiesen. Die Neuigkeit ging wie ein Lauffeuer durch den Saal und ließ alle Gespräche verstummen. Die Blicke richteten sich auf den Doktor, der, ohne darauf zu achten, langsam die Treppe hinunter ging. Dabei schaute er nur aus den Augenwinkeln nach rechts und links, ohne den Kopf zu bewegen. Nur beim Anblick des Kommissars drehte er kurz den Kopf und grüßte mit einem kurzen Kopfnicken. Vor der Tafel und hinter dem Redepult angekommen, legte er die Tasche auf einem Tisch ab, zog die Jacke aus und öffnete die Tasche. Aus ihr nahm es ein Glas und eine Flasche mit Wasser. Die Flasche öffnete er und füllte das Glas bis zur Hälfte. Die Studenten beobachteten ihn, ohne ein Wort zu sagen oder andere Geräusche zu machen. Der Kommissar bemerkte eine Spannung in dem großen Raum, die über der ganzen Versammlung lag. Doktor Temming ging zum Redepult, stellte das Mikrophon ein, nahm nochmals einen Schluck Wasser und griff die Unterlagen für die Vorlesung. Diese legte er vor sich auf das Pult und schaute sich im Saal um. Dann griff er in seine Hemdtasche, zog einen zusammen gefalteten Zettel heraus, öffnete ihn und legte diesen auf den Unterlagenstapel vor sich. „Sehr geehrte Damen und Herren, Professor Doktor Carolus Neuhaus ist tot. Er wurde gestern in seinem Büro ermordet." Weiterhin Stille. „Mit dieser unbegreiflichen Tat verliert das Historische Seminar, das Institut für Frühmittelalterforschung, die Westfälische Wilhelms Universität und die deutsche Mediävistik einen ihrer profiliertesten Vertreter. Eine Lücke, die niemand wird füllen können." Weiterhin herrschte Ruhe im Hörsaal. Man hätte die sprichwörtliche Stecknadel fallen hören können. Der Kommissar hätte nie gedacht, dass eine solche Ansammlung von Studenten so ruhig sein könnte. „Der Rektor der Westfälischen Wilhelms-Universität und der Dekan unseres Instituts, laden für heute um 14.30 Uhr zu einer kurzfristig anberaumten Gedenkveranstaltung für Professor Doktor Neuhaus in den Senatssaal im Schloss ein. Die Wortbeiträge werden auch in die Eingangshalle des Schlosses übertragen. Alle Studenten der WWU, besonders aber jene der historischen Fachbereiche, sind zu dieser Veranstaltung eingeladen. Die Vorlesungen und Seminare fallen deshalb in der Zeit zwischen 14.00 und 16.00 Uhr aus." Leichtes Geraune und leise Gespräche setzten nach dieser Information ein. „Sehr geehrte Damen und Herren", verschaffte sich der Doktor wieder Gehör. „Ich komme jetzt zu den mit dieser schrecklichen Tat einher gehenden Folgen für diese Vorlesung und die Seminare von Professor Neuhaus." Die Spannung unter den Studenten sorgte wieder für aufmerksame Ruhe. „Die Vorlesungen von Professor Neuhaus zu Karl dem Großen und zur Wirtschaftspolitik im Frühmittelalter werden in den kommenden vier Wochen von mir vorgenommen. Die Vorlesung „Das Frühmittelalter in Münster im Kontext aktueller Forschungen" muss entfallen." Das Geraune im Saal stieg wieder an. Diese Geräuschkulisse beendete der Doktor mit folgender Ankündigung: „Ich komme jetzt zu den Seminaren. Die Seminare von Professor Doktor Neuhaus werden von den Kollegen Mertens und Fried übernommen. Über die genaue Aufteilung werden Sie am Schwarzen Brett des Institutes und auf der Homepage informiert." Die Gespräche setzten wieder ein. „Ich komme zu den ausstehenden Hausarbeiten, Prüfungen und Promotionen. Hier ist noch keine Entscheidung getroffen worden. Soviel mir bekannt ist, werden die betroffenen Kommilitonen persönlich informiert." Die Gesprächsgeräusche wurden langsam lauter. „Ich bitte nochmals um Ihre Aufmerksamkeit. Gibt es zu diesem traurigen Thema noch Fragen?" Im Saal trat wieder Stille ein. „Keine Fragen?" In einer der oberen Reihen wurde es plötzlich unruhig. Eine ausgestreckte Hand war zu sehen und auf einen Wink des Doktors stand ein Student auf. „Was wird denn jetzt, nach dem Ableben des ehrenwerten Professor Neuhaus, aus dem Studenten Siegbert von Telgte?" „Herr Walter Dickmann, ich hatte gehofft, dass Sie dieses Thema in dieser traurigen Stunde nicht ansprechen würden. Leider haben Sie nicht die nötige Pietät hierfür gezeigt." Es erfolgte zustimmendes Geraune von den Studenten in den vorderen Stuhlreihen. „Ich denke, dass sich der Dekan mit dieser Thematik in nächster Zeit nochmals beschäftigen wird. Die Meinung des Verstorbenen kennen Sie. Jedoch stand bisher eine Entscheidung der Institutsleitung aus. Diese wird wohl demnächst erfolgen." Mit dieser wagen Information gab sich der Fragende zufrieden. „Gibt es weitere Fragen? Nein. Gut", bei diesen Worten blickte der Doktor in Richtung des Kommissars. Dieser nickte mit dem Kopf und deutete mit der Hand an, dass er zu den Studenten sprechen möchte. „Bevor wir auseinander gehen ... Bitte noch etwas Ruhe! Bevor wir auseinander gehen, haben wir hier einen Gast, der zu Ihnen sprechen möchte", diese Worte sorgten wieder für Ruhe, denn es breitete sich Neugierde über den Unbekannten aus, der die ganze Zeit an der Wand gelehnt hatte und jetzt auf das Redepult zuging. „Ich darf Ihnen den Kommissar Schim ..., äh. Schimp.." „Schimanski!", rief ein Student in den Saal und viele seiner Kommilitonen lachten lauf auf. Oberkommissar Schimpanski kannte aus unzähligen vermeidlichen „Witzen" von Kollegen und Fragen von „Kunden", dass sein Name mit dem eines wenig realen Kommissars aus dem Fernsehen bewußt oder unbewußt verwechselt wurde. So blieb er auch hier ganz ruhig, denn jede andere Reaktion hätte nur Folgereaktionen hervor gerufen. „Danke, Herr Doktor Temming, dass ich hier sprechen darf. Mein Name ist Schimpanski. Ich bin Oberkommissar beim Polizeipräsidium Münster und für die

Aufklärung des Mordes an Professor Neuhaus zuständig", gespannt hörten die Studenten seinen Ausführungen zu. „Ich möchte Ihnen kurz den bisherigen Stand erläutern, denn die Beiträge in der Presse geben nicht genau den bisherigen Stand wieder. Der Professor wurde gestern in der Mittagszeit, kurz vor 13.00 Uhr, in seinem Büro ermordet. Als Mordwaffe diente ein stumpfer, schwerer Gegenstand, vermutlich ein Buch." Ein leises Raunen unter den Studenten setzte ein. „Die Polizei ist an allen sachdienlichen Hinweisen interessiert. Deshalb möchte ich Sie bitten, falls Sie in dieser Zeit, gestern zwischen 12.30 und 13.00 Uhr, etwas ungewöhnliches im Historischen Seminar beobachtet haben, dieses mir oder jedem anderen Polizisten mitzuteilen." Der Kommissar sah über die vielen Augenpaare hinweg, ohne ein einzelnes Gesicht richtig zu erkennen. „Sie können auf eine Polizeidienststelle gehen oder beim Präsidium anrufen. Auf der Internetseite der Polizei können Sie meine E-Mail-Adresse nachschauen." Er wartete wenige Sekunden ab. „Also nochmals, wer gestern zwischen 12.30 und 13.00 etwas ungewöhnliches im Historischen Seminar, hier im Hause, beobachtet hat, der melde dies bitte der Polizei", bat der Kommissar die Studenten. „Sehr geehrte Damen und Herren, dieser Bitte kann ich mich nur anschließen. Vielen Dank für Ihre Aufmerksamkeit", beendete Doktor Temming die Vorlesung. Nach diesen Worten sprangen die Studenten von ihren Sitzen auf. Viele hatten schon während der Worte des Kommissars leise ihre Papiere zusammen geräumt und in Taschen gepackt. Jetzt drängten alle aus dem Saal heraus, zu anderen Vorlesungen oder in die heute verlängerte Mittagspause. „Doktor Temming, danke, dass ich hier sprechen konnte." „Das war doch selbstverständlich. Der Mord muss doch schnell aufgeklärt werden. Wie steht denn unser Institut in der Öffentlichkeit da? Ein Mord, das gibt kein gutes Image." „Das stimmt wohl, aber auch jeder andere Mord an irgend einer Stelle ist schlimm." „So habe ich das auch nicht gemeint, nur jeder denkt an seinen Lebenskreis." „Ich hätte da noch eine Frage", bei diesen Worten zog der Kommissar seinen Notizblock aus der Tasche und schaute nach. „Dieser Siegbert von Telgte verfolgt mich jetzt, seit der Tat an Professor Neuhaus. Eben nannte ihn der Student Walter Dickmann sogar während Ihrer Hinweise." „Ach je, diese Geschichte wirbelt jetzt, nach dem Mord, so richtig Staub auf, mehr als gut ist." „Können Sie mir dazu noch mehr Informationen als gestern geben? Worum ging es dabei?" „Wenn es denn sein muss, Herr Kommissar. Der Student hatte seine Abschlussarbeit bei Professor Neuhaus so gut wie fertig geschrieben und legte sie ihm zur Abgabe vor. Sein Thema war „Das Münsterland im Frühmittelalter am Beispiel der Gemeinde Billerbeck"." „Und dann lehnte der Professor die Arbeit ab?" „Nein, so nicht, der Professor nahm sie zur Bewertung erst gar nicht an. Er müsse sie nochmals überarbeiten, da Teile nicht wissenschaftlichen Qulitäts-merkmalen entsprächen." „Da kam Stimmung auf, das kann ich mir gut vor-stellen." „Wohl kaum, denn der Grund für die Ablehnung der ansonsten gu-ten Arbeit war die Literaturliste und einige Zitate im Text." „Was hat denn das mit der Qualität einer Arbeit zu tun?" „Es ging darum, dass von Telgte auch den Doktor Hubertus Willing in die Literatur aufgenommen hatte und sogar ihn im Text zitierte." „Und was ist daran so schlimm, einen Wissen-schaftler zu zitieren?" „Bei diesem Herrn ist dass schon etwas anderes. Der Professor wünscht, ääh, wünschte keine Einbeziehung von Ideen des Herrn Willing in den Arbeiten seiner Studenten." „Das verstehe ich nicht, warum denn?" „Dieser Privatgelehrte hat so Verschwörungstheorien zum Mittelalter in die Welt gesetzt. Wissenschaftlich völlig unhaltbar, aber in seinen Kreisen sehr verbreitet." „Klären Sie mich auf, Herr Doktor." „Na gut, nach den Vor-stellungen dieses Herrn soll das frühe Mittelalter, die Zeit Karls des Großen, eine Erfindung aus späteren Jahrhunderten sein." „Klingt wirklich etwas ab-strus, zumal wir in Münster gerade die 1200 Jahre Bistumsgründung feiern." „Sehen Sie. Professor Neuhaus war da etwas sehr empfindlich und ließ diese Thesen nicht in den Arbeiten seiner Studenten zu. Auch nicht im Werk des Studenten Siegbert von Telgte."

„Und deswegen kam es zwischen dem Professor und dem Studenten zum Streit?" „Ja, und nicht zu wenig. Der Student hatte dem Professor im Institutsflur sehr laut die Meinung gesagt. Jeder konnte es mithören. Aber die genauen Worte weiß ich nicht. Zudem hängte sich noch der Vater, Tassilo von Telgte, in die Angelegenheit hinein und drohte dem Professor mit Folgen. Brachte sofort einen Rechtsanwalt mit ins Institut. Da traf er aber beim Neu-haus auf einen „Münsterländer Granitschädel". Je mehr die beiden Telgtes aufmischten, um so starrköpfiger wurde der Professor." „Glauben Sie, dass diese Angelegenheit hinter dem Mord stehen könnte?" „Oh, Herr Oberkommissar, ich werde mich hüten irgend jemanden zu verdächtigen. Und schon gar nicht diese Landadeligen. Da bekommen Sie von mir nichts außer diesem Hinweis." „Danke für die Informationen." „Bitte, aber jetzt muss ich ganz schnell weg, wegen der Gedenkveranstaltung um zwei Uhr. Ich soll auch etwas sagen", teilte der Doktor mit und verließ im Laufschritt den Hörsaal. So eilig hatte es der Kommissar nicht. In aller Ruhe stieg er die Treppe zwischen den Sitzreihen hinauf. Auf einer Reihe lag die zerfledderte Lokalausgabe der Westfälischen Zeitung. Der Aufmacher ist natürlich der Mord am Professor. Eine ganze Seite voller Berichte, Interviews und Hintergrundberichte. Er steckte sie sich in die Jackentasche und ging aus dem Hörsaal.

---

3. Tag   2. Kapitel

Fingerspuren

Bei der Rückkehr in sein Büro fand er eine Nachricht auf dem Schreibtisch vor, wonach Professor Schulze-Beckmann einen Rückruf vom Kommissar wünschte. Dieser Wunsch entsprach Schimpanskis Verlangen, genaueres über den Tathergang zu erfahren. Deshalb griff er zum Apparat auf seinem Schreibtisch, ein fast schon antikes Exemplar aus den späten 80er Jahren. „Der Herr Doktor wollte mich sprechen", sagte er der Stimme am anderen Ende der Leitung, ohne sich vorzustellen. „Ah, der Herr Oberkommissar Schimpanski, einen schönen Tag." „Danke Frau Sültemeier, kann ich den Herrn Professor sprechen. Er hat hier eine Nachricht hinterlassen." „Stimmt, ich hatte Sie angerufen und eine junge Polizistin am Apparat gehabt. Der habe ich vom Wunsch des Herr Professors berichtet und auf eine Nachricht an Sie gedrungen." Dem Kommissar standen gleich die wenigen Haare zu Berge, diese Mitarbeiterin des Professors ließ sich durch nichts aus der Ruhe bringen, egal wie wichtig es war. „Das ist sehr nett und wichtig gewesen, kann ich jetzt den Professor sprechen? Danke!" „Ja, Schimpanski, wo waren Sie denn?" „Ich war an der Uni und habe dort Interessantes gehört. Aber jetzt zu den Ergebnissen. Was haben Sie zu berichten?" „Haben Sie den Film gestern im Dritten gesehen? Diesen Münsterkrimi oder wie die den nennen?" „Nein." „Na, diesen Krimi mit diesem durchgedrehten Professor, der denen die Leichen aufschnibbelt?" Nein, ich sehe die mir nicht an, interessiert mich nicht." „Na, ja, macht nichts, war wieder ein völliger Reinfall. So etwas unqualifiziertes. Wenn ich mir so etwas leisten würde. Sollte ich mir auch nicht mehr anschauen." „Herr Professor, was gibt es denn Konkretes?" „Nicht viel mehr als ich ihnen gestern sagen konnte. Das Opfer ist zwischen 12.40 und 13.00 Uhr verstorben. Er starb an den Schlägen auf den Kopf. Das Opfer saß dabei in seinem Sessel und die Schläge kamen von der rechten Seite des Opfers, halb von hinten gegen den Kopf."

„Womit wurde geschlagen?" „Sehr wahrscheinlich mit einem alten Buch, wir haben minimalste Pergamentreste in der Wunde gefunden." „Demnach war der Täter im Raum mit dem Professor und die beiden haben sich gekannt?" „Zumindest war der Täter dem Opfer nicht verdächtig, denn das Opfer muss den Mörder ins Zimmer gelassen haben." „Dann wäre ein Raubmord auszuschließen?" „Mit großer Wahrscheinlichkeit." „Vielen Dank für die Informationen. Schriftlich erhalte ich das noch mit Ihrem Bericht." „Sie sollten sich mal diese Krimis aus Münster anschauen, dann wüßten Sie meine Arbeit zu würdigen." „Quatsch, das tue ich doch immer, wenn Sie für mich etwas untersuchen", bekräftigte der Kommissar. Der Kommissar legte den Hörer auf und nahm ein Blatt Schmierpapier aus der obersten rechten Schublade. Diese Blatt legte er auf den Schreibtisch und schrieb in die Mitte Professor Doktor Neuhaus. Dem ersten Namen folgten im Kreis die Namen Siegbert/Tassilo von Telgte, Doktor Temming, Walter Dickmann. Dieses Blatt betrachtete er sich einige Minuten ohne sich zu bewegen. Dann hob er es auf und klebte es an den Arm seiner Tischlampe. „Diesen Studenten muss ich mir genauer anschauen", sagte er halblaut vor sich hin, „eine verbaute Karriere ist ein guter Grund für einen Mord." Während sich sein Magen meldete und er verwundert auf der Uhr sah, da dieser die Zeit besser kannte als sein Hirn, klopfte jemand laut an die Tür. „Ja, komm schon herein, Winni!" Die Tür wurde aufgerissen und in derselben lächelte dem Kommissar Winfried

Timmermanns entgegen. So polternd dieser Kollege im allgemeinen war, in seinem kriminalistischen Fachbereich war er im Präsidium der Beste. „Wieso wußtest Du ... ?", fragte er etwas überrascht von Schimpanskis Wissen. „Na, woher wohl? Wer hat denn im ganzen Haus einen vergleichbaren Hammer beim Anklopfen?" „Ha, genau, aber nicht jeder weiß das. Aber unser Schimpi", erwiderte Winni. „Herr Oberkommissar, warum wecken Sie einen redlichen Staatsdiener bei seinem verdienten Büroschlaf?" „Damit er bald wieder weiter träumen kann. Hast Du denn schon Verdächtige? Oder hast Du sogar den Mörder in der Gartenstraße abgeliefert?" Was sich hier wie das Heim eines Rosenzüchtervereins anhörte, war nichts Anderes als die altehrwürdige Justizvollzugsanstalt an dieser Straße in Nähe der Promenade. „Nein, nichts dergleichen. Es gibt einen Studenten, der mit dem Professor aneinander geraten ist. Der hat ihn nicht zur Prüfung zugelassen." „Das klingt doch schon recht vielversprechend." „Das schon, aber jetzt zu Dir, was hast Du schönes für mich?" „Einen Fingerabdruck." „Einen Fingerabdruck? Woher stammt der? Gibt es davon etwas im Computer?" „Nicht gleich alles auf einmal. Zunächst der Fundort. Der Fingerabdruck befand sich auf der Tür zum Büro des Professors." „Und der von hundert weiteren Studenten und Unimitarbeitern." „Nein, nicht an der Tür an sich, sondern am Türgriff." „Gut, dann ist es der Fingerabdruck der Sekretärin, der Frau, ach je, wie heißt sie noch?" „Egal, es ist nicht der von der Sekretärin. Von der habe ich ganz schöne Exemplare. Nein, ich habe einen Fingerabdruck, genauer vom Daumen, und der stammt nicht von der Sekretärin, sondern von einer anderen Person." „Super. Das ist was." „Danke für die Blumen." „Sonst befanden sich keine Abdrücke mehr auf dem Türgriff?" „Nein, nur die beiden, die der Sekretärin und die von dem Unbekannten waren gut zu sehen. Das müssen die beiden Letzten gewesen sei, die den Türgriff betätigt haben." „Du meinst, der Daumenabdruck ist der vom Mörder?" „Das ist Deine Interpretation, aber es ist die vorletzte Person, die den Türgriff nutzte."

„Und, hast Du im Computer etwas entdeckt?" „Leider nicht. Weder unter unseren üblichen Kandidaten, noch beim Raub war etwas zu finden." „Das heißt, dass es sich nicht um einen Raubmord handeln dürfte." „So weit folge ich Dir." „Gut, dann sollte ich mich mal mit dem Herrn Telgte beschäftigen." „Wer, Telgte?" „Ja, Siegbert und Tassilo von Telgte." „Ah, der Vater, der Tassilo, ja, der ist doch hier in Münster dick im Immobiliengeschäft drin." „Ja, davon weiß ich nicht viel, weißt Du mehr?" „Der macht seine Geschäfte auch ganz diskret. Der hat doch vor zwei Jahren am Prinzipalmarkt das alte Haus Kleibold renoviert. Ist jetzt ein Nobelmodeschuppen drin." „Also dicker Münsteraner Finanzadel?" „Stimmt. Viel Spaß mit den beiden. Ist nicht gut Kirschen essen mit denen." „Ach was, bange machen gilt nicht, danke für die Unterrichtung!" „Gehst Du mit in die Kantin? Es ist schon weit über die Zeit." „Ja, ich komme sofort mit, tu Dir eine Erdbeermilch auf Deine schnelle Informierung aus." „Da muss ich aber aufpassen, dass ich nicht alles durcheinander trinke, sonst halten mich noch die Kollegen von der Droge an", lachte Winni.

3.Tag   3. Kapitel

Daumenspitzengefühl

Oberkommissar Schimpanski wohnte in einem Haus aus dem Ende des 19. Jahrhunderts. Die Räume waren hoch und die Fenster groß. Selbst die Lage direkt am inneren Ring in Münster war in der vierten Etage nicht mehr zu spüren. Das Haus hatte Geschichte, was ihm besonders gefiel. Zwei Weltkriege, den Kaiser, die Revolution von 1919, die Unruhen der Weimarer Republik hatte es überlebt. Die Bombennächte im II. Weltkrieg konnten es beschädigen, aber nicht zerstören und danach die Wirtschaftswunderzeit der jungen Bundesrepublik ließ es an sich vorbei ziehen. Mit den Studentenprotesten und den folgenden Jahren wandelte sich die Bewohnerschaft im Haus. Neben einigen Alten, die schon Jahrzehnte darin wohnten, zog jetzt junges Volk ein, das die großen Wohnungen zu beliebten Wohngemeinschaften umwandelte. Vor einigen Wochen bemerkte er auf dem Fußweg vor dem Haus einen goldenen Schein zwischen den ansonsten grauen Platten. Neugierig schaute er sich das Metallplättchen an und las dort einen Namen und Daten von einem Menschen, der 1941 aus dem Haus in ein KZ deportiert worden war. Das war ihm ganz neu, aber er erinnerte sich an einen Zeitungsartikel über solche „Stolpersteine" in Münster. Mit Kommissaranwärterin Dierkes war er in einem Zivilwagen auf dem Weg zum Aasee als er beim Betrachten der architektonischen Neuheiten Münsters auf diese Gedanken an sein Wohnhaus kam. An den Ufern der Münsteraner Frischluft-, Freizeit- und Sportlerzone konnten die Häuser der „oberen Zehntausend" nicht auf solch lange Traditionen verweisen. Zumeist handelte es sich um Luxusvillen der 50er Jahre, denen in den 90er Jahren eine Frischzellenkur verpaßt worden war. Auf ein solches Gebäude war er auch vorbereitet, als seine Kollegin den Wagen in die Himmelreichallee steuerte. „In welchem der schmucken Sozialbauten finden wir denn die Herren von und zu Telgte?" „Mal schauen, hier habe ich die Nummer, da vorne, das muss es sein." „Aha, roter Klinker mit Baumberger Sandstein, Baumeister Schlaun läßt grüßen", kommentierte der Kommissar den Baustil. „Nein, doch nicht, das daneben ist das Richtige. Da in dem weißen Haus wohnen die von Telgte." „Was, das da?" Bei manchen Häuslebauern hatte Oberkommissar Schimpanski Zweifel an ihren Fähigkeiten für einen qualifizierten Geschmack bei der Gestaltung des eigenen Hauses. „Die weißen Schuhkartons?", faßte er diesen Zweifel in Worte. „Was haben Sie denn, Sie müssen da doch nicht wohnen." „Möchte ich auch nicht." Das weiße, eckige Gebäude war dem Kommissar bei seinen Radfahrten und Spaziergängen am Aasee schon öfter aufgefallen, negativ aufgefallen. Er hatte sich gefragt, was sich der Architekt dabei gedacht hatte, einfach drei unterschiedlich große Schuhkartons zu kombinieren und fertig war das Haus. Mit seiner weißen Farbe leuchtete es weit über den See. „Wer das Geld für so ein Haus hat, dem machen auch die jährlichen Anstreichorgien nichts aus", dachte der Kommissar beim Betrachten. „Dann wollen wir uns mal in die Höhle des Immobilienlöwen wagen", raunte er seiner Kollegin zu. Während der Kommissar direkt auf das Haus zuging und sich innerlich auf eine gepflegte Auseinandersetzung einstellte, holte seine uniformierte Kollegin einen Pilotenkoffer aus dem Wagen. „Sind Sie unter die Spurensucher gegangen?" „Nein, das nicht, aber der Kollege Timmermanns meinte, dass es besser sei, die Daumenabdrücke sofort im persönlichen Rahmen abzuholen." „Ah, Service am Kunden, das neue Angebot der Polizei Münster", erwiderte der Kommissar und mußte dabei lächeln. Der Druck auf die Klingel neben dem Eingang sorgte für eine leise Melodie im Flur auf der anderen Seite der Tür. Erst nach einiger Zeit hörte der Kommissar die langsamen Schritte eines Menschen. Die Tür öffnete sich ohne das geringste Geräusch und im Türrahmen stand ein elegant, aber nicht modern gekleideter Mann von vielleicht 65 Jahren. „Herr von Telgte?" „Ja, was wünschen Sie?" „Mein Name ist Schimpanski, Oberkommissar Schimpanski und das ist meine Kollegin Dierkes." „Aha, Polizei. Bin ich zu schnell gefahren? Dann gebe ich Ihnen die Adresse meines Rechtsanwalts", antwortete von Telgte und griff in die Innenseite seines Jacketts. „Nein, wir kommen nicht wegen eines Verkehrsdeliktes, auch nicht wegen eines vergleichbar geringen Deliktes. Wir kommen wegen eines Mordes. Aber, sollten wir diese Angelegenheit nicht besser im Haus besprechen?" „Stimmt, kommen sie herein." Im Haus hatten sich ganze Scharen von Raumdesignern austoben dürfen. Der Flur strahlte modernes Understatement aus. Wenig Möbel, aber teuer und gediegen. Dazu hingen einige Bilder an den Wänden, von denen aber der Kommissar keine Ahnung hatte. Genau so sah es auch in dem sich anschließenden großen Zimmer zum Aasee aus. Hier sah der Kommissar neben anderen ein Bild, welches er schon in einem Magazin gesehen hatte, irgend eine Versteigerung, auf der ein unbekannter Bieter ein unanständig teures Bild erstanden hatte. Etwas modern und zu abstrakt für seinen Geschmack, es gefiel ihm nicht. „Herr von Telgte, Sie haben aus der Zeitung schon von dem Mord erfahren?" „Ja, eine schlimme Tat. Was hat der Mann denn getan? Nichts als in seinem Fachbereich zu forschen. Und dann so ein Ende. Um es gleich vorweg zu sagen, die Differenzen zwischen meinem Sohn und dem Herrn Professor haben damit nichts, aber auch gar nichts zu tun." „Das würden wir gerne glauben. Aber es muss doch sehr hoch her gegangen sein, zwischen Ihrem Sohn und dem Professor." „Ach, je, die Jugend. Da hat er von mir einiges mit bekommen. Er geht sehr schnell hoch, für einen Münsterländer eher ungewöhnlich, aber er ist nun mal so." „Gut und schön, aber in einer angespannten Situation kann man auch mal Dinge tun, die man sofort wieder bereut. Wenn die Emotionen durch gehen, da kann man schon mal zu Argumenten greifen die dann zu bösen Folgen führen." „Oh, nein, Herr Kommissar, das ist hier ganz und gar nicht der Fall. Sollte die Polizei in dieser

Sache weiter stochern, dann werde ich wohl meinen Rechtsanwalt einschalten müssen." „Na, so weit sind wir von der ermittelnden Stelle noch lange nicht. Aber wir haben einen ganz konkreten Grund für unser Kommen." „Welcher ist das? Was wollen Sie?", der Immobilienlöwe wurde ganz ruhig und schaute die beiden Polizisten lauernd an. „Es ist Folgendes, bei der Spurensuche ist ein Fingerabdruck sicher gestellt wurde, von dem wir ausgehen, dass er sich um den des Mörders handelt ...." „Aha, also doch. Mein Sohn soll als Mörder dargestellt werden. Das werde ich niemals zulassen!" „Ganz ruhig, Herr von Telgte, es geht hier nicht darum, Ihrem Sohn irgend etwas zuzuschreiben oder gar unter zu schieben, wie Sie das vielleicht sehen. Ich stehe vor folgendem Problem: Im Büro von Professor Doktor Neuhaus haben wir viele Abdrücke gefunden, die wir aber nicht zuweisen können. Diese haben für uns keine große Relevanz zur Tat. Fingerabdrücke am Schreibtisch und an einzelnen Gegenständen sind abgewischt worden oder nicht brauchbar." „Und da brauchen Sie die Abdrücke meines Sohns, um ihm einzelne Abdrücke zuweisen zu können!" „Das dürfte kein Beweis für die Tatbeteiligung ihres Sohns sein. Dafür sind dort zu viele verschiedene Abdrücke. Da wäre das ganze Seminar verdächtig." „Warum denn dann?" „Wir haben zwei Fingerabdrücke am Türgriff. Einer dürfte der der Sekretärin vom Professor sein. Aber der andere Abdruck, der ist zeitlich vor denen der Sekretärin an den Griff gekommen." „Aha, und dieser soll von meinem Sohn sein?" „Das will ich wissen. Deshalb der Wunsch, die Fingerabdrücke Ihres Sohnes nehmen zu können." „Warten Sie!", erfolgte der Befehl des Hausherrn. Dann ging er zu einer Wandnische, nahm ein Handy und sprach hinein: „Siegbert, komm mal in den Salon." Eine Pause entstand. „Nein, nicht später, sondern jetzt." Dann wählte er erneut auf dem Telefon eine Nummer und wartete ab. „Hier von Telgte, geben Sie mir Doktor Droste-Vischring", eine weitere Pause. „Ja, hier Tassilo, grüße Dich. Klar, war gut, der Fisch war auch erste Klasse. Nächstes Wochenende? Nein, da bin ich in Berlin, beim Wirtschaftsminister. Ha, wenn ich will, dann hat der Zeit, es geht ja auch um Tempelhof." Nach ungefähr zwei Minuten war dieser Diskurs über verschiedene gemeinsame Termine und Erlebnisse beendet. „So, jetzt aber zum eigentlichen Grund meines Anrufs. ... Hahahaa ... Schön wär`s, aber es ist viel ernster. Es geht um den Mord am Neuhaus. ... Ja, schlimme

Sache. Du weißt doch, dass mein Sohn mit dem Professor einigen Streß hat, äh, hatte. ... Genau, jetzt ist hier die Polizei, der Oberkommissar Schimanski oder so. ..... Die Fingerabdrücke vom Siegbert. .... Aha, also keine Chance. .... Danke für die Auskunft. .... Werde ich machen. .... Ja, übernächstes Wochenende ist schon fest gemacht, wir sehen uns. Schüssken." Der Kommissar und seine Begleiterin hatten dem Gespräch schweigend zugehört. „So, das wäre geklärt, sie erhalten die Fingerabdrücke. Ich wollte nur genau wissen, wie meine Aktien stehen, deshalb der Anruf. Wo bleibt denn der Junge?" Nochmals rief der Vater seinen Sohn an und sorgte für eine unverzügliche Anwesenheit des Filius. „So, Junge, das ist der Kommissar ..." „Oberkommissar Schimpanski ..." „Und seine hübsche Kollegin Dierkes." „Ja und, worum geht es?" „Die beiden Polizisten wollen Deine Fingerabdrücke haben." „Warum denn das, ich hab doch nichts gemacht." „Frag nicht so lange, ich habe Deinen Patenonkel gefragt, sie können das machen." „Äh, und wo? Muss ich auf eine Polizeistation?" „Nein, für besondere Kunden bietet die Polizei den Service zu Hause an. In dem Koffer meiner Kollegin sind alle dazu notwendigen Dinge." „Machen Sie das doch am besten im Badezimmer. Geh mit der Polizistin dahin und wasch Dir danach die Hände!" Der Junge verliess mit der Polizistin den Raum, während der Kommissar sich umschaute. „Ja, es hat einige Zeit gedauert, diesen Bauplatz zu bekommen. Da stand noch eine alte Baracke drauf, so etwas aus den 50ern, echt scheußlich." „Häuser wie hier rechts und links?" „Ja. Und dann die Stadt Münster erst. Diese Beamten sind ja so eine Schwachmatikertruppe, keiner wollte etwas sagen. Alle schoben den Antrag von sich weg zum Nächsten. Nein, ein Trauerspiel. Erst als ich mich mal persönlich mit dem OB zusammen gesetzt habe, da lief die Sache endlich." „Ja, die Wünsche der Häuslebauer und die Vorgaben der Verwaltung ..." „Schlimm, ganz schlimm. Da habe ich der Stadt und seinen Bürgern schon so viel geschenkt und wer dankt es einem?" Der Kommissar schaute von Telgte fragend an. „Na, niemand!" „Aber Sie haben sich dafür selbst beschenkt." „Ja, das hier ist der eigentliche Grund für mein Tun. Hier kann ich mich entspannen." „Von dem Bild dort habe ich schon mal etwas gelesen. Von einer Versteigerung." „Ja, stimmt, das war haarig, die Presse war einige Tage wie wild hinter dem Namen des Bieters her, der es ersteigert hatte. Ist ihnen aber nicht geglückt! Hatte einen Strohmann eingesetzt." Der Kommissar lächelte dem Redner freundlich zu, um ihn zum Weiterreden zu bewegen. In diesem Augenblick kamen aber der Sohn und die Polizistin aus dem Badezimmer zurück. Dunkle Spuren an den Daumen zeigten, dass die Abdrücke genommen waren. „Es sind nur die Daumen, von denen die Polizei Abdrücke haben wollte." „Ach, nur die Daumen?" „Ja, es handelt sich um einen Daumenabdruck auf der Türklinke von Professor Neuhaus Büro."

„Na gut, dann haben wir damit der Polizei in Ihrer Arbeit hoffentlich weiter geholfen." „Das haben Sie, Herr von Telgte." „Falls Sie aber noch weitere Fragen haben, dann machen Sie das direkt über meinen Anwalt. Ehrlich gesagt, mache ich das nicht gern hier im Haus, das ist mein Ruhe- und Rückzugsbereich." „Deshalb auch mein besonderer Dank für Ihre Unterstützung. Wir werden uns jetzt wieder auf den Weg machen." „Viel Erfolg und noch einen angenehmen Tag." „Danke, den Weg heraus finden wir schon. Auf Wiedersehen." „Äh, lieber nicht, alles Gute wünsche ich da lieber." Während der Kommissar die Tür schloss, hörte er noch im Salon die Stimme von Tassilo von Telgte: „So, Sohnemann, jetzt sag´ mir mal genau, wo Du gestern überall gewesen bist .... ."

---

3. Tag   4. Kapitel

Daggi

Erst nachdem Schimpanski sich mit lauwarmem Wasser erfrischt hatte und am Schreibtisch Platz genommen hatte, sah er den Zettel auf der Tastatur seines Computers. „Daggi hat angerufen. Wartet auf Rückruf." Welch eine Überraschung. Jetzt stehen schon die Toten auf und wollen ihn sprechen. Was so ein Mord doch alles auslöst! Der Kommissar war mehr als überrascht. Mit seinem ehemaligen besten Freund, bürgerlicher Name Dagobert Wilmsburg, hatte er seit Jahren nicht mehr gesprochen. Von Bekannten hatte er erfahren, das Daggi sich irgendwo in Asien herum treibe. Es konnte auch Afrika sein. Auf dem Klassentreffen vor drei Jahren – ein Hochamt auf die verblichene

Jugend - war er nicht dabei gewesen. Hatte sich auch nicht gemeldet. Irgend wann, vor Monaten, erfuhr er dann, dass der alte Kumpel wieder unter die Domtürme zurück gekehrt sei. Am Hafen solle er wohnen oder in einem herunter gekommen Haus an der Grevener Straße, da wo die Gasselstiege ihren Anfang hat. Er solle einen Kopierladen übernommen haben, irgendwo im Nordviertel oder an der Hammer Straße. Die Informationen waren so konkret, dass er niemandem glaubte. Nur, dass der alte Kumpel wieder in Münster war, das wußte er von Kollegen, die ihn nach einem Konzert in der Halle Münsterland kontrolliert hatten und dieser sich mit seinem alten Bekannten, dem Oberkommissar Schimpanski vom Polizeipräsidium brüstete. Und jetzt diese Nachricht auf seinem Schreibtisch. Erinnerungen aus seiner Jugend kamen wieder hervor. Wie sie zusammen am Kanal im Sommer geschwommen waren, oder auf einem Stück Holz die Werse zu den sieben Weltmeeren gemacht hatten. Aber auch so mancher Streich an der Schule, nein nicht Schule, das war das falsche Wort, es war schon eine Institution, das altehrwürdige Paulinum, die älteste Bildungsanstalt Deutschlands, seit den Zeiten Karls des Großen und des Bistumsgründers Liudger, für Bildung und Drill an Münsters nachwachsender Elite zuständig. Der Kommissar griff zum Telefonhörer und wählte die Handynummer auf dem Zettel. Zunächst meldete sich einer dieser häßlich-elektronischen Anrufbeantworter mit einer freundlich-künstlichen Frauenstimme. Als er jedoch gerade auf das Band sprechen wollte, meldete sich die Stimme eines Mannes. „Hier Dagobert Wilmsburg, Ermittlungen aller Art. Womit kann ich dienen?" „Äh, ja, also", Schimpanski war doch etwas überrascht, die Stimme seines alten Kumpels so unvermittelt zu hören. „Hier Kommissar, äh, nein, Eduard Schimpanski." „Ja, hallo, Eddi, wie geht es Dir. Hat man Dir meine Nachricht übermittelt? Das ist ja toll. Können wir uns treffen?" „Ja, wann und wo denn?" „Sofort am besten, wenn Du Zeit hast. Ich habe die Sachen alle dabei!" „Was für Sachen, worum geht es denn?" „Was steht denn in allen Zeitungen von Münster? Und wer wird als Leiter der Ermittlungen genannt? Der Mord an dem Professor Neuhaus!" Schimpanski war baff. Damit hatte er niemals gerechnet. Da hört er Jahrzehnte nichts von seinem Freund und jetzt hatte er irgend etwas mit dem Mord zu tun. „Ja, hm, da muss ich mal nachdenken. Sollte es nicht besser im Präsidium geschehen, wenn Du etwas mitzubringen hast." „Nein, nur nicht das, dann war´s das schon von mir. Irgend etwas ruhiges, wo uns nicht jeder sieht." Der Kommissar überlegte. In irgend welchen dunklen Ecken wollte es das Treffen aber nicht abhalten. „Weißt Du so spontan etwas?" „Nein, ich sitze hier im Domcafe, auf der Freifläche davor. Kein guter Ort für ein Treffen." „Mir fällt etwas ein, die „Frauenstraße 24", hinten im Saal?" „Das ist gut. Geht es in einer Stunde?" „Hmmh," der Kommissar schaute auf seine Uhr, „jetzt ist´s bald 16.00 Uhr. Dann wär´s 17.00. Um die Zeit in der Frauenstraße, ja!" „Bis dahin in der 24 und tschüss." Eine volle Minute hielt der Kommissar in Gedanken den Hörer in der Hand. Was mochte Daggi ihm wohl zu sagen, nein, zu geben haben?

Die Kneipe „Frauenstraße 24" in der gleichnamigen Straße ist so etwas wie eine Institution in der von Studenten geprägten Bevölkerung Münsters. In den 70er Jahren war das alte Gründerzeithaus von Studenten besetzt worden. Generationen von Immobilienhaien hatten sich daran die ansonsten scharfen Zähne ausgebissen. Irgend wann kauften Stadt oder Uni, der Kommissar wußte es auch nicht so genau, das Haus mit seiner blau-weißen stuckverspielten Fassade, ein architektonischer Lichtblick in der ansonsten von tristen Nachkriegsbauten zugestellten Straße. In der Kneipe war Schimpanski über viele Jahr gerne Essen gegangen. Die türkischen Gerichte waren preiswert, gut und reichlich gewesen, eben für Studenten gemacht. Als er vor einiger Zeit mal an dem Haus vorbei gekommen war und auf die Preisliste geschaut hatte, schien es ihm, als hätte auch hier der „Teuro" zugeschlagen. Als er gegen 16.55 Uhr die Frauenstraße betrat, waren einige Tische von Studenten belegt, die wohl über Seminararbeiten und Vorlesungen grübelten. Von den Wänden kommentierten Plakate die politischen Ereignisse der letzten Monate. Er selbst ging an der Theke vorbei, ließ die Treppe zur Toilette links liegen und öffnete die Tür zu dem kleinen Saal im hinteren Bereich des Hauses. Hier saß niemand und die Luft war noch von den Gerüchen der Veranstaltung vom Vorabend reichlich geschwängert. Deshalb öffnete er das Fenster gleich zur Linken und setzte sich an den runden Tisch davor, mit dem Rücken zur Wand und dem Blick in den Saal. Selbst wer durch die Tür schaute, konnte nicht erkennen, wer an diesem Tisch saß. Er hatte kaum Platz genommen, da trat schon ein etwas in die Breite gegangener Mensch ein. Gekleidet in einen guten, aber durch vieles Tragen abgewetzten dunklen Anzug, eine Tasche über der Schulter und einen Regenschirm in der Hand. Der Kommissar schaute kurz auf, reagierte ansonsten aber nicht. Der Unbekannte trat hinzu und fragte: „Sind Sie Oberkommissar Schimpanski?" Dieser erkannte die Stimme wieder, fragte trotzdem zurück. „Wer will das wissen?" „Dagobert Wilmsburg, Ermittler und Unternehmer." „Hallo Daggi", sagte der Kommissar, stand auf, nahm den alten Kumpel in die Arme und begrüßte ihn mit einigen Schlägen auf den Rücken. „Ja, ja, Daggi, lang ist´s her." „Eddi, lass die alten Sachen. Da komme ich mir vor wie hundert Jahre." „Warst wohl deswegen nicht auf dem Klassentreffen vor drei Jahren. Was treibst Du denn jetzt so? Was ich mache, weißt Du ja schon aus der Zeitung." „Ja, die haben heute alle den Mord als Aufmacher genommen. Ein echter Mord in Münster, dazu noch an der Uni, das ist schon etwas für den guten Bürger in seinem Fernsehsessel. Dagegen sind die Fernsehkrimis echt fad, trotz der schönen Kulisse aus Dom und Prinzipalmarkt." „Auch gut, aber mich interessiert mehr, warum Du mich sprechen willst." „Du weißt es vielleicht nicht, aber neben meinem Copi-Cafe verdiene ich mir noch ein Zubrot als Privatermittler." „Als Detektiv?" „Ah, den Begriff habe ich bewußt nicht genommen. Bei dem Namen denken die Leute immer an den Fernsehdetektiv aus Frankfurt, mit seinen Verfolgungsfahrten und Schlägereien. Dies wollte ich mit der Berufsbezeichung bewußt vermeiden. Ich ermittle in privaten Dingen und familiären Angelegenheiten." „Und bei Deinen Ermittlungen sind Dir Dinge aufgefallen, die zu meinem Fall gehören." „Ja, aber bevor ich Dir diese Ergebnisse meiner Ermittlungen zeige, will ich von Dir absolutes Stillschweigen." „Das ist schwer durchzuhalten. Aber ich gebe Dir mein Wort, dass ich es nicht nutze, wenn ich den Beweis über einen anderen Weg erhalte." „Wie meinst Du das?" „Wenn ich weiss, was Dir bekannt ist, dann kann ich mit einem gezielten Tip z.B. an die Spurensucher Deinen Hinweis mit einem anderen, völlig entfernten polizeitechnischen Mittel in die offiziellen Ermittlungsarbeiten einführen." „Das wäre gut, dadurch schützt Du mich vor einer Endtarnung als Tipgeber. Wenn das heraus käme, wäre es mein beruflicher

Ruin." „Das verspreche ich Dir hiermit feierlich. Auf unsere lange Freundschaft und so manche durchzechte Nacht!" „Also, vor ungefähr acht Monaten erhielt ich den Auftrag, die persönliche Lebensweise des Herrn Professor Neuhaus unter die Lupe zu nehmen." In diesem Augenblick höchster Spannung wurde die Tür geöffnet und jemand kam herein. Der „Ermittler" schaute in eine andere Richtung, aus dem Fenster, während der Kommissar zur Tür blickte. „Mm, ah, mein Essen, gut, stellen Sie es hier hin. Danke. Und hier das Geld, der Rest ist Trinkgeld." Die Bedienung, der Küchenchef persönlich, bedankte sich und eilte den wartenden Gerichten auf dem Herd zu. „Keine Bange, der wird sich an nichts erinnern. Er ist im Geiste schon beim übernächsten Gericht und nicht hier am Tisch mit den beiden Altstudenten", beruhigte der Kommissar seinen Informanten. „Sieht lecker aus", kommentierte Dagobert Wilmsburg den gut gefüllten Teller mit Reis, Salat und Fleisch vom Rotationsgrill. „Stimmt, habe ich früher auch gerne hier zu Mittag gegessen, war besser als die Kantine. Aber jetzt zurück zu Deinen Ermittlungen." Während der Kommissar sich in aller Ruhe mit seinem Essen beschäftigte, erzählte Daggi von seinen Ermittlungen. „Ja, die Ermittlungen. Vor zwei Monaten war das, da bekam ich den Auftrag, den Professor Neuhaus und dessen Privatleben unter die Lupe zu nehmen. Das habe ich auch getan. Die ersten Tage gab es da nichts zu tun. Er arbeitete bis spät in den Abend. Saß häufig in der Bibliothek, kaufte mehrere Bücher. Mehr war nicht. Er empfing Studenten und Studentinnen zu Besprechungen, vermutlich über deren Arbeiten für ihn. Merkwürdig war nur, dass die Besprechungen auch in der Mittagspause stattfanden. Aber so ganz ungewöhnlich war das dann auch wieder nicht." Daggi nahm einen guten Schluck von seinem Bier und fuhr fort. „Das ganze war bis zu jenem Donnerstag nicht ungewöhnlich. Aber an diesem Donnerstag im letzten Mai war etwas anders. An diesem Abend ging er zu seinem Auto und fuhr weg. Ich folgte ihm in der Annahme, er würde jetzt zur Sentruper Höhe nach Hause fahren. Am Hindenburgplatz vorbei und bis zum Neutor stimmte die Richtung auch mehr oder weniger, er hätte ja auch, durch die Hüfferstraße fahren können. Dann aber nahm er die Steinfurter Straße und befuhr diese auf der rechten Fahrspur recht langsam, so als suche er dort etwas. Dadurch wurde es für mich echt schwierig, ihm zu folgen. Ich mußte anhalten und ihm nachschauen, wo er herfährt. Am Ring bog er nach rechts ab." Wieder ein Schluck aus dem Bierglas. „Ich ihm wieder hinterher. Der Professor hatte nach dem Abbiegen aufgedreht und war schon in Höhe der Feuerwache, als ich auf den Ring auffuhr. Zum Glück hatte er einen etwas auffälligen Wagentyp. Da bog er in die Grevener Straße nach links ab, also stadtauswärts." „Oho, jetzt wird es interessant. Wo ist er denn hingefahren?" „Ja, dazu komme ich noch. Er fuhr also die Grevener Straße entlang. Ich mußte sehr vorsichtig fahren und auch gut schauen, denn ich erwartete nochmals einen Trick von ihm." „Er erwartete Verfolger?" „Das weiß ich nicht, aber der Professor scheint mir sehr vorsichtig gewesen zu sein. Also, er fuhr die Grevener Straße Richtung Kinderhaus, ich in gehörigem Abstand ihm folgend. Aber er bog nirgends ab. Nicht nach rechts, nach Coerde, noch nach links, nach Kinderhaus hinein. Nein der fuhr über die Gleise und aus Münster hinaus." „Auf welcher Straße?" „Hä? Ach ja, natürlich, über die Bundesstraße, nicht über den Kanal! Also raus aus der Stadt und immer gerade aus bis zur neuen Ampel bei Sprakel, an der Umgehung. Dort bog er auf den Linksabbieger ein. Was sollte ich machen?" „Ja, was?" „Wenn ich mich hinter ihn gestellt hätte, dann hätte er mich vielleicht erkannt. Also fuhr ich auf die Spur Richtung Greven. Zum Glück hatte ich grün und konnte fahren, so dass er an der roten Ampel stand und mich nicht sah." „Wo fuhr er denn jetzt hin." „Ich bin wie wild gefahren bis zum Ende der Lärmschutzwände, da ist eine Bushaltestelle, oben auf der Brücke. Dort, sprang ich aus dem Auto, lief über die Straße und schaute von der Brücke dem Wagen nach. Was meinst Du, wie mir war, als ich den Wagen tatsächlich auf der Straße sah. Er fuhr durch den Ort ohne abzubiegen. Ich zurück in den Wagen, weiter bis zur Kreuzung, wo es rechts nach Gimbte geht und links zum ehemaligen Bahnübergang. Welch eine Fahrerei." „Schön, Dein Einsatz für den Auftraggeber, aber was hast Du gesehen?" „Ich hoffte zu sehen, wo er nach der Kurve weiter fahren würde, Du weißt, am Ende der alten Straße durch Sprakel, hinter dem Gasthaus." „Ja, ich weiß, bin oft genug da her gefahren." „Gut, dann weißt Du auch was in der Kneipe heute drin ist?" „Eine Disko glaub ich. Das ist doch das Haus, wo eine Zeit lang das „Grünhaus" ein Comeback versuchte." „Genau das Haus meine ich. Da ist jetzt ein „House of Rising Sun" drin." „Oh, ein „Freudentempel" am

Ende der Straße!" „Genau! Und zu diesem fuhr unser Professor seinen Wagen." „Und was weiter?" „Am anderen Tag habe ich mir den Schuppen bei Licht angeschaut. In einem Schaukasten wurde mit dem fleischlichen Angebot Werbung betrieben. Bunte Bilder in verkaufsfördernden Posen." „Ich weiß, welche Fotos so üblich sind." „Schon gut. Wie ich mir die Gesichter so anschaue, kommt mir ein Gesicht bekannt vor. Eine der Damen hatte ich an der Uni gesehen, im Historischen Seminar." „Oh, jetzt wird es spannend. Homeservice an der Uni?" „Das wäre möglich. In der Mittagspause eine kleine körperliche Entspannung von der schweren geistigen Arbeit." „Und das fiel nicht auf? Es gibt doch eine Sekretärin? Die müßte doch von dem Treiben etwas mitbekommen haben." „Du meinst die Frau Dieckmann?" „Ja, genau die." „Oh ja, hätte sie bestimmt, wenn sie da gewesen wäre. Aber die Gnädigste hält ihren Mittag auf das Pünklichste ein. Um 12.00 Uhr verläßt sie ihren Schreibtisch und kehrt pünktlich um 13.00 Uhr zurück. Meine Uhr habe ich nach ihr stellen können." „Und sonst gibt es niemanden, dem dies aufgefallen wäre?" „Wem denn? Die Studentinnen rennen heute mit ihren nabelfreien T-Shirts doch fast so ´rum wie die Damen vom horizontalen Gewerbe. Zudem hatte sie sich für den „Hausbesuch" entsprechend studentisch gekleidet." „Aber Dir ist sie aufgefallen?" „Ja, von dem Foto an ihrem eigentlichen Arbeitsplatz." Bei diesen Worten griff der Ermittler in die Innentasche seines Sakkos und holte zwei Fotos heraus. Diese legte er, nachdem er die fast leeren Teller aus dem Weg geräumt hatte, vor dem Kommissar auf den Tisch. „So, das hier ist die Dame beim Verlassen des Fürstenberghauses. Du würdest sie auch als Studentin ansehen?" „Als eine recht hübsche sogar." „Und das Foto ist jetzt zwei Wochen alt. Aufgenommen in Hamburg. Dort war der Professor offiziell zu einer Tagung über die archäologischen Funde zur Hammaburg. Inoffiziell war es ein angenehmes Wochenende mit seiner neuen Liebe." „Wo Du bei Deinen Ermittlungen so alles herum kommst, echt interessant. Wenn ich bis in die Baumberge komme, dann ist das schon etwas." „Ach, erinnere mich nicht daran. Eine Nacht habe ich in meinem Wagen nächtigen dürfen, da ich kein Zimmer mehr gefunden habe, für mein Budget. Ich hatte einen Rücken." „Das ist wirklicher Einsatz für den Kunden. Wer war denn dieser Kunde?" „Das ist sehr interessant, aber das darfst Du wirklich nicht weiter sagen. Dann ... " Daggis ausgestreckter Mittelfinger vollführte eine Linie quer zu seinem Hals. Der Kommissar nickte nur beruhigend. „Also, der Auftraggeber war ein Rechtsanwalt." „Aha, eine Auftragsarbeit für einen Klienten?" „Genau!" „Aber den Klienten kennst Du nicht?" „Er wurde mir nicht vorgestellt, genauer, sie wurde mir nicht vorgestellt!" „Oh, eine Frau? Äh, oh, doch nicht ... ?" Dagobert lächelte und nickte nur. „Oh, ha, damit habe ich schon drei Verdächtige! Wie hast Du das heraus bekommen?" „Durch warten und schauen. Ich wartete vor der Rechtsanwaltskanzlei, so ca. 45 Minuten stand ich unter den Bögen am Prinzipalmarkt, bis auf der anderen Straßenseite eine Frau die Tür zum Rechtsanwalt öffnete und nach 20 Minuten das Haus wieder verließ. Beim Hinein gehen hatte sie nichts in ihren Händen, keine Tasche. Beim Verlassen trug sie einen grauen DIN-A-4 Briefumschlag." „Frau Professor Neuhaus und ihr kleines Geheimnis." Dem Kommissar wurde langsam schwindelig. Zunächst war es ein recht einfacher Fall, der sich jetzt in immer neuen Windungen entwickelte. Die Frau Professor wußte von den Liebesspielen im Unigebäude. Ein Student als möglicher Täter. Was würde da noch alles kommen? Münsters dunkle Seite öffnete sich langsam vor seinen Augen. „Noch eine letzte Frage, neben der nach den Fotos." „Nein, das geht nicht, die Fotos habe ich Dir gezeigt, mehr gibt´s nicht. Du wirst sie auch nicht mit einer Durchsuchung finden. Sie werden an einem polizeisicheren Ort gelagert." „Gut, damit kann ich leben, nur nicht zerstören! Aber der Name der jungen Dame, den kannst Du mir doch sagen, bevor ich mich in Sprakel vor Ort erkundigen muss." „Kein Problem. Sie nennt sich „Lola"." „Oh, welch eine Kreativität." „Naja. Den bürgerlichen Namen wirst Du schnell finden können" „Ja, klar und tausend Dank für die Informationen." Nachdem diese wichtigen Informationen ausgetauscht worden waren, ging das Gespräch noch um allerlei Erinnerungen und Erfahrungen aus dem Ermittlungsalltag. Irgendwann, nach dem dritten oder vierten Bier brach Daggi wieder auf, denn der Besucherdruck wurde langsam so stark, dass der Saal genutzt werden mußte. Nachdem der Kommissar sich als generöser Gastgeber geoutet hatte und die Kosten übernahm, verließ der alte Kumpel den Treffpunkt, nicht ohne den Wunsch nach einem Treffen geäußert zu haben. Dieses wurde auf einen Termin nach der Lösung des Mordfalls angedacht.

Trotz der hoch interessanten, neuen Informationen hielt es der Kommissar nicht mit seinen Fernsehkollegen, sondern ließ sich langsam mit einem weiteren Bier, natürlich aus Münsters letzter produzierender Brauerei, in das Wochenende hinein gleiten. Es wurde langsam dunkel und ihm genug, im Hinterraum zu sitzen, weshalb er die „Frauenstraße 24" verließ.

---

3. Tag   *5. Kapitel*
Herzstiche

„Hallo Eddi!" Das Leben kann so grausam sein. Gerade noch in Gedanken über seinen alten Kumpel Daggi und den Mordfall versunken, dann, in Sekundenbruchteilen, voll zurück im normalen Leben. „Hallo Eddi!" Etwas spitzes, glühendes stieß in sein Herz. Er bekam sofort einen unangenehmen Druck auf der linken Brustseite. Die Person sah er nicht, aber diese Stimme, diese Aussprache seines Namens, er hatte sie sofort erkannt. Er sah sie nicht, aber nur sie konnte es sein. Wie hatte er über ihren Weggang gelitten. Nächtelang nicht schlafen können. Die erste Nacht mit viel Wein, Bier und Schnaps überstanden. Mehrere Tage war er im Büro nicht ansprechbar gewesen. Keine Aufgabe hatte er richtig erledigen können. Dann vertiefte er sich wie ein Besessener in Arbeit, übernahm Sonderschichten und Zusatzaufgaben. Nur so konnte er die immer wieder kommenden Erinnerungen an die Zeit mit seiner Freundin verdrängen. Die Kollegen machten sich ernsthafte Sorgen um Ihn und seinen Zustand. Er übernachtete mehrfach im Büro und wusch sich am Handwaschbecken. Erst nach mehreren Wochen war er wieder etwas hergestellt. Seiner selbst gewählten „Therapie" durch Arbeit hatte er es auch zu verdanken, dass jetzt die halbe Abteilung auf Lehrgang war. Alles vergeblich! Beim Ruf „Hallo Eddi!" kam alles wieder hoch, die ganzen Erinnerungen an die vergangenen Jahre. Schon durch das konsumierte Bier in der Frauenstraße auf dem Fahrrad etwas wankend, mußte er bei diesem Zuruf sofort anhalten, sonst wäre er hingefallen. Wie üblich war er an der Überwasserkirche nach rechts zur Aa abgebogen und durch die Spiegelturmgasse auf den Domplatz gefahren. Wegen der groben Steinpflasterung um den Dom nahm er lieber den Umweg am Fürstenberghaus vorbei zum Prinzipalmarkt. Er hatte gerade das Domcafe erreicht, als ihn der Zuruf ereilte: „Hallo Eddi!" Als er zu den Tischen vor dem Cafe schaute, sah er SIE sofort. SIE, seine verblichene Liebe. Sie saß zusammen mit ihrer Freundin Undine und schien sich gut zu amüsieren. „Münster ist ein Dorf", dachte der Kommissar, „man läuft sich immer wieder über den Weg und trampelt sich auf die Füße." Mit dem Fahrrad an der Hand und einem rasch schlagenden Herzen ging er langsam zum Tisch der beiden Frauen. „Tach, äh, schönen Abend." „Ja, hallo. Habe von Deinem neuen Fall in der Zeitung gelesen. Wie läuft's denn?" Sie schien kein Interesse an rückblickenden Betrachtungen zu haben. Oder war da mehr? „Ja, die Ermittlungen laufen so vor sich hin. Aber genaues darf ich hier nicht sagen", antwortete er mit einem Blick auf die anderen Tische. „Na, etwas kannst Du uns doch sagen." „Nein, ich habe ein paar Verdächtige, aber da ist noch nichts spruchreif. Deshalb sage ich auch nichts." „Aha! Du hast Verdächtige, dann hast Du ja schöne Nüsse zu knacken. Ich könnte Dir noch eine weitere hinzu fügen." „Was, Du weißt etwas?" „Nicht hier", warnte Undine ihre Freundin. „Stimmt, hier hören zu viele mit. Lass uns in die Seitenstraße gehen." Katrin und Undine sprangen auf und gingen zusammen in die Stichstraße zum „Borromäum", der Priesterschmiede vom Bischof. Dabei kicherten sie wie kleine Mädchen, die ein Geheimnis zusammen teilten und es niemandem ausplaudern wollten. Kurz vor dem schmiedeeisernen Tor zum Innenhof des bischöflichen Wohnheims für Priesterkandidaten blieben sie stehen und warteten auf den hinter ihnen hergehenden Kommissar. Die Köpfe zusammen gesteckt, blickten sie ihm entgegen. „Also, was gibt es wichtiges über den Fall zu berichten? Was wisst Ihr?", fragte der Kommissar, dem diese Geheimnistuerei auf die Nerven ging. „Also, wir wissen etwas, das Du nicht wissen kannst." „Über den Professor", ergänzte mit einem breiten Lächeln Undine. „Und was ist das?", fragte genervt der Kommissar. „Ja, gleich. Wir sind doch bei der Nordic-Walking-Gruppe Münster aktiv." Das wußte der Kommissar zu gut. Schon als diese neue Sportmode noch nicht in aller Munde war, machten die beiden Freundinnen mit ihren Stöcken die Fußwege um den Aasee unsicher. Er hatte sich manches Mal darüber lustig gemacht. „Skilaufen ohne Skier und Schnee", kommentierte er das Tun. Die Antwort der Wintersportindustrie auf die Klimaänderung. „Ja, ich weiß um Eure sportlichen Vorlieben. Was hat das aber bitte schön mit meinem Fall zu tun?" „Du solltest etwas freundlicher sein zu Deinen Informanten", entgegnete Katrin etwas verschnupft. „Entschuldigung, aber sonst beglücken mich Zeugen auch nicht nachts auf dem Domplatz." „Ja gut, also folgendes. Bei unserer Nordic-Walking-Gruppe ist auch Frau Neuhaus dabei." Das war für den Kommissar eine wirklich interessante Neuigkeit. „Oh, ja, und was sagte sie so über ihren Mann?" „Die Adelheid war vor zwei, drei Wochen ziemlich durch den Wind." „Völlig gefrustet", gab Undine hinzu. „Sie mußte sich mit jemandem aussprechen. Da sind wir nach dem Training noch zu den Aaseeterrassen gegangen und haben uns ihre Geschichte angehört." „Und diese Geschichte, worin bestand sie?" „Ihr Mann hat eine Freundin." „Aha, eine Freundin. Und woher wußte sie das?" „Sie hatte einen Detektiv auf seine Spur gesetzt und der hat das heraus gefunden." „Das hat die Frau Professor Euch so einfach bei Kaffe und Kuchen im Café erzählt?", insistierte der Kommissar, der jetzt wieder völlig klar im Kopf war.

„Nein, natürlich nicht. Zuerst war sie nur schlecht auf ihn zu sprechen. Fluchte über ihn und so weiter. Erst nach dem vierten oder fünften Pharisäer, diesem gefährlichen Kaffee-Rum-Gemisch, da sagte sie es uns. Wir mußten schwören, es niemandem zu sagen." „Und das habt ihr auch geschworen?" „Ja, natürlich. Wir haben es auch niemandem gesagt!" „Ehrenwort!!", bestätigte Undine den Vorfall.

„Das ist aber eine wichtige Information mit weitreichenden Folgerungen, das ist Euch doch klar?" „Was denn?" „Na, ihr seid aber naiv, die Frau Professor ist damit, mit diesem Wissen, eine Verdächtige im Mordfall ihres Mannes." „Oh, aber doch nicht so?" „Doch, genau so. Sie wußte von einer Freundin und hat somit Grund genug, ihren Mann zu töten. Wegen der Anderen, wegen der Erbschaft, wegen Betruges und, und, und!", erklärte der Kommissar den beiden Frauen. „Kommt sie jetzt ins Gefängnis?" „Nein, wohl kaum, zumindest jetzt noch nicht. Ich werde mir erst mal erklären lassen, wo sie zum Todeszeitpunkt ihres Mannes war. „Ich brauch´ jetzt erst mal einen Schnaps", erklärte Undine und ging zurück zum Domcafe. Der Kommissar schaute zu seiner Exfreundin hinüber und wollte noch etwas sagen, brachte aber kein Wort heraus. „Wenn Du das mit der Freundin ihres Mannes ihr sagst, dann weiss sie doch, von wem das stammt." „Mir war dies schon bekannt. Nur habe ich jetzt sogar Zeugen für diesen Sachverhalt. Ich werde Euch aber so weit wie möglich herauszuhalten versuchen." „Danke Eddi", sagte Katrin, drehte sich auf dem Fuss um und lief hinter der Freundin zum Cafe zurück. Schimpanski sah ihr nach und mußte wieder an vergangene Zeiten und glückliche Stunden denken. Erst nach einigen Minuten konnte er sich auf sein Fahrrad schwingen und den Heimweg antreten. Noch immer spürte er die Stiche in seiner Brust vom Anruf: „Hallo Eddi!"

---

4. Tag   1. Kapitel

Überstunden

An diesem Morgen spürte er den vorherigen Abend besonders intensiv. Das Bier war zwar gut, aber doch eines zu viel, oder war es der Rotwein gewesen? Aber auch das Treffen auf dem Domplatz hatte seine Spuren hinterlassen und sein Nervenkostüm stark angegriffen. So kam der Kommissar erst gegen 10.00 Uhr aus den Federn. Ein längeres Duschbad und ein ausdauerndes Frühstück mit einem Liter schwarzen Tee brachten ihn so richtig in Schwung. Je besser es ihm ging, um so mehr bereute er es, am vergangenen Abend seiner Stimmung und nicht seinem Verstand gefolgt zu sein. Er hätte doch besser seine neuen Informationen im Präsidium nutzen sollen, als in einer münsteraner Studentenkneipe zu versacken. Aber das war jetzt zu spät. Er konnte nur noch sich selber gegenüber Abbitte leisten und als Buße ein, zwei Stunden am Schreibtisch einlegen. Beim Blick in die Zeitung, wurde klar, dass auch die wildesten Taten vor den Schaukämpfen im Bundestagswahlkampf keine Chance hatten. Der Mord hatte die Titelseite verlassen und führte auf der Westfalenseite sowie der ersten Lokalseite noch ein Dasein. Das Wochenende dürfte er nur dann überleben, wenn es aufregende Neuigkeiten gab. Die kannten aber nur er, Daggi und zwei Persönlichkeiten der Münsteraner Gesellschaft. Beim Betreten des Präsidiums kam ihm Pförtner Blümcke entgegen. „Tachchen Herr Schimpanski. Sehnsucht nach dem Schreibtisch?" „Die Mörder ruhen nicht, da darf auch Sherlock Holmes nicht schlafen!" „Na, dann mal viel Erfolg. Es fehlt Ihnen nur noch Watson." „Stimmt. Ist denn überhaupt jemand da von der Spurensicherung?" „Der Kommissaranwärterin hat man ein Wochenende aufs Auge gedrückt." „Ach, die Kollegin Dierkes ist im Haus! Das trifft sich gut."

In seinem Büro angekommen, griff er, nachdem er es sich bequem gemacht hatte, zum Hörer und wählte die Nummer der „Sitte". „Hallo, hier Schimpanski." „Ja, tachchen, heute auch im Dienst?" „Naja Walter, solange mein Mörder herum läuft, muss das schon sein." „Hast Du ein Glück, wenn es den Wahlkampf nicht gäbe, wäre es ziemlich mollig für Dich." „Danke, ich weiß es zu würdigen. Ich habe eine Frage an Dich. Ich habe hier einen Namen „Lola". Sagt Dir der etwas." „„Lola"? Hm, nee, eigentlich nicht. Das ist so ein Allerweltsname, ohne weitere Hinweise ..." „Klar, die Dame arbeitet in Sprakel, am ehemaligen Bahnübergang." „Na, das ist ja schon etwas mehr. Ich geb es mal bei mir in den Computer ein.." Der Kommissar hörte einige Sekunden nichts als Hintergrundgeräusche und ein Pfeifen vom Kollegen. „So, da hab ich was für Dich. „Lola" heißt mit bürgerlichem Namen Renate Meier. Aber das wird Dir nicht viel nutzen." „Warum denn nicht, sie muss doch irgendwo wohnen." „Ihr Wohnsitz ist offiziell in Sprakel, in besagtem Haus der leiblichen Freuden." „Ja, dann muss ich mich wohl oder übel auf den Weg machen. Hast Du Fingerabdrücke der Dame im Computer gespeichert?" „Ja, kann ich Dir geben." „Nein, nicht an mich, geb´ sie an die SpuSi weiter. Die sollen die Abdrücke mit dem vom Türgriff des Professors vergleichen." „Werde ich machen. Aber dann habe ich etwas bei Dir gut." „Klar, Walter. Danke!" Nach diesem Telefonat überlegte der Kommissar die weiteren Schritte in seinen Ermittlungen. Er musste erst abwarten, welcher der Verdächtigen durch den Fingerabdruck belastet wird. Wer ist aber alles verdächtig? Da war zum einen Siegbert von Telgte. Auch wenn sein Vater nach Rücksprache mit dem Rechtsanwalt die Abnahme der Fingerabdrücke zuließ, so war das kein Grund, ihn als unverdächtig einzustufen. Aber es war auch möglich, dass „Lola" die Tat vollbracht hatte. Wer weiß, was der verliebte Professor ihr alles erzählt hatte? Durch Daggis Informationen stand sogar Frau Neuhaus unter Verdacht. Eifersucht ist eine starke Triebfeder für eine solche Tat. Damit hatte der Kommissar schon drei Personen die zu den Verdächtigen zählten. Er griff zum Telefon und wählte eine Nummer. „Ja, hier Schimpanski. Kommen Sie mal in mein Büro, Kollegin Dierkes." Der Kommissar hatte gerade den Hörer zurück gelegt, als die Tür geöffnet wurde und die Kommissaranwärterin den Raum betrat. „Ja, kommen Sie, setzen Sie sich. Ich muss mit Ihnen reden." „Nichts einfacher als das. Es geht wohl um den Mord?" „Ja, wenn zwei denken, kommt vielleicht etwas mehr dabei heraus." „Worum geht es denn konkret?" „Also, wer könnte die Tat getan haben? Da habe ich erst mal den Studenten, den Siegbert von Telgte." „Ziemlich aufbrausend, wie sein Vater, könnte es gewesen sein. Wäre dann wohl ein Totschlag." „Mit demselben Ergebnis, ein toter Professor Neuhaus." „Was würde es ihm bringen?" „Nichts, aber dass kann man in einer emotional aufgeladenen Situation nicht überblicken." „Wer sind Ihre weiteren Kandidaten?" „Eine Prostituierte mit Namen „Lola". Arbeitet in einem Haus in Sprakel, am ehemaligen Bahnübergang. War die Freizeitgestalterin des Professors." „Woher wissen Sie denn das?" „Ich habe meine Quellen. Fragen Sie nicht weiter." „Gut, aber warum sollte sie den Professor ermorden?" „Liebeskummer, Betrug durch den Professor, Eifersucht? Ich weiß es nicht", stellte der Kommissar seine Ratlosigkeit dar. „Und sonst noch Verdächtige unter Münsters Domtürmen?" „Ja, vielleicht auch die Frau Professor." „Oh ha! Wie denn das?" „Die Quelle der Information hat es mir mitgeteilt. Die Frau Professor hat ihrem Mann einen Schnüffler hinterher geschickt." „Ah, die betrogene Ehefrau rächt sich am Ehemann. Das ist ja klassisch!" „Stimmt, ein häufiger Grund für Mord und Totschlag, selbst in den besten Familien." „Was das Schicksal des Professors belegt." „Vorsicht, so weit sind wir noch nicht. Hat die Befragung der Studenten etwas gebracht?" „Ich habe mir die Aussagen durchgelesen. War aber nichts Richtiges zu finden. Wie auch? Da rennen hunderte von Menschen täglich ein und aus. Alle sehen irgendwie ähnlich aus." „Und wenn der Student an sein Studium denkt, hat er kein Auge für Mörder und Totschläger." „Wenn diese sich als Studenten tarnen." „Da fällt mir ein, wurde die Sekretärin schon befragt?" „Von mir nicht. Liegt die nicht im Krankenhaus?" „Ja, sie wurde ins Franziskus eingeliefert. Hat wohl einen Herzkaspar vor lauter Aufregung bekommen." „Dann rufen Sie bitte mal dort an, ob wir sie befragen können. Nach drei Tagen müsste da doch etwas zu machen sein." Dierkes ging aus dem Büro und kam nach 5 Minuten zurück. „Die Dame ist bei bester Gesundheit und wird wohl am Montag entlassen." „Ah, gut, dann mal schnell ein Auto und hin ans Bett der Zeugin." Der Kommissar nahm seine Jacke, griff zur Tasche und stand schon im Türrahmen, als ihm etwas einfiel. „Sekunde, ich muss nochmal kurz telefonieren." Dann griff er zum Telefon, wählte eine Nummer. „Hallo Walter, hier Schimpanski. ... Ja, ja, wollte ich auch nicht. ... Nein, etwas anderes. Es geht um die „Lola", habt Ihr ein Foto? ... Ja! Kann ich ein Exemplar haben? ... Ich komme sofort herüber." Auf dem Computerausdruck war die Verdächtige „Lola" sehr gut zu erkennen. Für Werbemaßnahmen zwar nicht von Vorteil, denn das Foto entstand bei einer erkennungsdienstlichen Untersuchung. Entsprechend unfreundlich war der Gesichtsausdruck der Dame. Für die vorgesehen Zwecke war es jedoch vollkommen ausreichend. Seine Kollegin folgte bei der Fahrt zur Franziskusklinik einfach dem Straßenring in Richtung Osten. Über die einbetonierte Aa, am neuen Wohnkomplex auf dem Schlachthofgelände und unter den Bahnlinien ins Emsland und nach Bremen hindurch ging die Fahrt über die Warendorfer Straße bis neben die Notaufnahme des Hospitals. Zwar schaute das Personal etwas verwundert, einen Dienstwagen der Polizei in der aktuellen Farbgebung Silbermetall mit aufgeklebten Grünflächen von der Einfahrt zu vertreiben wagte jedoch niemand. „Der Wagen stört den Verkehr nicht", erklärte der Kommissar nach einem prüfenden Blick und ging durch die Notaufnahme in das Gebäude hinein. Nach einigem Durchfragen erreichten die beiden Polizisten den Raum, in dem ihre Zeugin in Ruhe das Bett hütete. „Aha, man sieht den Unterschied, Privatpatient", kommentierte der Kommissar. „Wie kommen Sie darauf?" „Sehen Sie, nur eine Patientin auf dem Zimmer. Das zweite Bett ist frei und weitere gibt es nicht. Man muss halt Beamter sein." „Herr Kommissar!" „Was ein Kriminaler ist, dem entgeht fast nichts." Nach einem Anklopfer öffnete die Beamtin die Tür und grüßte freundlich Frau Dieckmann. „Oh, die Polizei. Warum denn?" „Keine Angst

Frau Dieckmann, wir kommen nur wegen der Dinge die Sie gesehen haben. Vorgestern an der Universität." „Oh, diese schreckliche Tat. Ja, der arme Professor!" „Sie haben lange für ihn gearbeitet?" „Ja, über zwölf Jahre." „Das ist lange." „Stimmt, da hat man eine Vertrauensstellung." „Aber man weiß auch vieles, was andere, selbst die eigene Frau, nicht weiß", fühlte der Kommissar vor. „Worauf wollen Sie hinaus." „Ach nichts Konkretes. Wir sind gekommen, um zu hören, was Sie gesehen haben. Wollen Sie uns das erzählen?"

„Natürlich, der Mörder muss doch gefunden werden. Gibt es da schon Ergebnisse?" „Nein, deshalb brauchen wir auch Ihre Beobachtungen. Was ist Ihnen aufgefallen?"

„Ja, was? Nichts, eigentlich nichts. Ich war, wie jeden Mittag, von 12.00 bis 13.00 Uhr in der Kantine. Da habe ich nichts gesehen. Dann bin ich zurück gegangen in mein Büro und habe in das Büro vom Chef geschaut. Oh, mein Gott, diese Tat... ", Frau Dieckmann fiel es schwer weiter zu reden. Unter Tränen griff sie zu einem Taschentuch und wischte sich die Feuchtigkeit aus dem Gesicht.

„Nein, nichts, es war niemand im Büro, außer dem Herrn Professor." „Sie sind sehr pünktlich zurück gekommen. Der Täter muss kurz vor Ihnen das Büro verlassen haben. Er könnte Ihnen auf der Treppe begegnet sein." „Nein, da ist mir nichts aufgefallen. Da war nichts, Herr Kommissar." „Da waren wohl einige Studenten unterwegs?", fragte die Kommissaranwärterin. „Ja, nach dem Mittag gehen viele in Seminare und Vorlesungen im Haus. Aber das ist täglich so, da kann ich nichts besonderes erkennen." „Nein, natürlich nicht. Aber die Studenten gehen doch ins Haus hinein und nicht aus dem Haus heraus?" „Stimmt. Und?" „Der Täter oder die Täterin müssen aber auf dem Weg aus dem Haus heraus gewesen sein." „Ah, so meinen Sie das. Jemand der mir entgegen kam und sich merkwürdig benahm." „Stimmt." „Hm, da muss ich aber mal genau überlegen." „Denken Sie an den Rückweg von der Kantine, Sie gehen in das Fürstenberghaus hinein, öffnen die Tür. Ihnen folgen Studenten, vor Ihnen gehen Studenten. Sie betreten die große Halle, durchqueren sie und gelangen an die neue Holzglastür. Die läßt sich nur schwer öffnen." „Ah, da fällt mir etwas ein. Genau, aber ob das wichtig ist?" „Sagen Sie es ruhig, alles kann wichtig sein." „Als ich durch die Tür da unten in das Treppenhaus wollte, kam mir eine Studentin entgegen, sie ging, nein, sie lief eher." „Sie lief?" „Na, ja, was man so laufen nennen kann. Sie hatte diese hochmodernen flachen, superspitzen Schuhe an, die hinten offen sind. Damit kann man gar nicht richtig laufen." „Aha, und weiter?" „Also, die wollte durch die Tür, wäre fast mit mir zusammen gestoßen." „Wie sah die Studentin denn aus?" „Oh je, da kann ich wenig zu sagen. Die sehen doch alle ähnlich aus. Oben irgend etwas in rosa, bauchnabelfrei. Ein blaue Jeanshose und eine Tasche. Nee, wohl eher zwei, eine kleine, auch in rosa und eine größere schwarze, so zum umhängen." „Das Gesicht können Sie nicht beschreiben?" „Nee, nicht. Habe mich zwar drüber aufgeregt, aber dann der Herr Professor, da ist das doch nichts dagegen." „Ich habe hier ein Foto von einer Frau. Könnte sie es gewesen sein?" Der Kommissar gab Frau Dieckmann das Foto von „Lola". Die Frau schaute hin und bekam große Augen. „Ja, klar, das ist sie. War aber besser geschminkt und gekleidet." „Danke Frau Dieckmann. Sie haben uns sehr geholfen. Wir werden einen Kollegen schicken, der Ihre Aussagen aufschreibt, für ein Protokoll", erklärte der Kommissar seiner Zeugin. „Chef, ist nicht nötig", meldete sich Dierkes und zeigte ein Diktiergerät in ihrer Hand vor. „Ach, das ist ja noch besser." Dann wendete er sich an Frau Dieckmann: „Wir haben hier eine Aufzeichnung des Gespräches. Sind Sie mit einer Verwendung dieses Bandes für ein Protokoll Ihrer Aussage einverstanden?" „Ja, gut, Sie müssen den Mörder suchen und nicht mich nochmals befragen. Machen Sie das so." „Vielen Dank und gute Besserung", wünschte der Kommissar beim Verlassen des Krankenzimmers. Frau Dieckmann winkte aus dem Bett heraus den Polizisten nach.

„Jetzt wird es immer enger für die liebe „Lola"." „Stimmt Chef." „Genau, und deshalb müssen wir uns jetzt mit ihrem Wohnsitz in Sprakel beschäftigen." „Soll ich direkt hinfahren?" „Hm, ja, das machen wir jetzt sofort." Kommissaranwärterin Dierkes, gerade in Höhe des ehemaligen Schlachthofs auf der linken Fahrspur unterwegs, riss das Lenkrad nach rechts herüber. Mit quietschenden Reifen flog der Wagen auf die Rechtsabbiegerspur. „Frau Kollegin! Ich wollte diesen Fall lebend überstehen!" „Keine bange, wir fahren in einem Streifenwagen, da sind alle anderen Autofahrer vorsichtig. In zügiger Fahrt ging es die Kanalstraße nach Norden. 100 Meter vor der Ampel an der Kreuzung nach Coerde stellte sich die Ampel auf Rot. „Keine Angst, das schaffen wir gut", meinte die Kommissaranwärterin einfach und schaltete alle Alarmzeichen für eine eilige Dienstfahrt ein. „Also, so rasant wollte ich eigentlich nicht vor dieser eher ruhigen Stätte auftauchen", meldete der Kommissar Bedenken an. „Aber die Dame könnte doch schon über alle Berge sein. Da müssen wir uns doch beeilen." „Ach, quatsch. Wenn die weg sein will, dann ist die es schon seit zwei Tagen", erklärte der Kommissar und ließ seiner jungen Kollegin den Spaß, mit allen Sonderzeichen in die Grevener Straße einzubiegen.

---

4. Tag   2. Kapitel

Betriebsbesuch

In rasantem Tempo ging es an den letzten Häuser Münsters vorbei, denen nach einem Feld eine Rechtskurve folgte und auf Sprakel zu. Nachdem die Ampel vor der Umgehung erreicht und überfahren war meldete sich der Kommissar wieder zu Wort: „So, Kollegin, Sie hatten jetzt ihren Spass. Aber hier in Sprakel schalten Sie alles wieder ab! Und zwar sofort!" „Schade!" „Nichts da, ich will doch nicht wie Rambo dort auftauchen. Da gehen bei denen doch alle Alarmanlagen an." „Hätten wir nicht besser ein paar Kollegen ..." „Und was würde das bringen? Nee, nee, ich gehe da gleich alleine rein. Sie warten draußen." „Ja, Chef", der Kommissar merkte der Polizistin die Enttäuschung an. „So, jetzt fahren Sie nach links rüber, genau neben die Hecke. Das reicht. Hier warten Sie." Der Streifenwagen stand jetzt neben einem großen, begrünten Grundstück, direkt an einem Zaun und einer Hecke. Vom Zielobjekt aus war der Wagen nicht zu sehen. Der Kommissar ließ sich die Nummer des Handys der Kollegin geben, speicherte sie in seinem und ging die Straße in Fahrtrichtung weiter. Das Haus, in dem jetzt das uralte Geschäft betrieben wurde, war ihm eigentlich fast nur vom Vorbeifahren bekannt.

Generationen von Berufspendlern, Studenten und Bahnreisenden war diese Gaststätte gerade mal ein Blick wert gewesen, sonst nichts. Auch der Versuch, es als Diskothek zu nutzen, schien den Pächtern kein Glück gebracht zu haben. So diente es jetzt dem fleischlichen Vergnügen als Heimstätte. Die Lage für diese Nutzung war nicht schlecht gewählt. Durch die Verlegung der Hauptstraße und die Schließung des Bahnübergangs war ein nennenswerter Straßenverkehr praktisch nicht mehr vorhanden. Durch die Züge und die in Sichtweite vorbei führende neue Umgehungsstraße bot sich aber eine gewisse Werbewirkung für potentielle Kunden. Große Bäume und die Grünflächen einer Baumschule sorgten für einen Abstand zur restlichen Bebauung von Sprakel. Der erste Blick auf das Haus zeigte dem Kommissar deutlich die neue Nutzung. Lichterbänder in roter Farbe um Fensterrahmen und Tür wiesen den Weg. Auch das Namensschild über der Eingangstür beseitigte jeden Zweifel. Nachdem der Kommissar das Haus betreten hatte, schaute er sich kurz um und ging dann direkt auf die Theke einer in rotem Schummerlicht angestrahlten Bar zu. Der Barkeeper, in neutralem schwarzweiß gekleidet, sah ihn fragend an und legte seine Stirn in Falten. „Sie sind ein guter Menschenkenner", sagte der Kommissar. „Das sind viele Jahre Erfahrung von Hamburg bis München." „Dann brauche ich nicht meine Universaleintrittskarte zeigen?" „Nicht nötig, sonst holen Sie wohl möglich noch ihre bunten Freunde. Das würde nicht gut aussehen." „Warum denn das?" „Naja, grüne Uniformen und rotes Licht?" „Na und!" „Rot und grün ergibt doch braun." „Vorsicht! Sie scheinen ein besonders Lustiger zu sein." „Womit kann ich denn dienen?" „Ich muß den Chef sprechen." „Hm, naja, ich würde Sie ja gerne zu ihm führen, nur leider ist er nicht da." „Warum denn das? Ist er in Geschäften unterwegs?" „Na, derzeit sind die Geschäfte wohl nicht so florierend", kommentierte der Kommissar den leeren Raum vor der Bar. „Stimmt. Und sie sind seit zwei Tagen dem Chef auf den Magen geschlagen." „Wie kommt denn das? Waren meine lieben Kollegen ..." „Quatsch, doch nicht so etwas. Nein, die „Lola" ist seit zweit Tagen weg." „Ach, was sie nicht sagen."

Der Barkeeper griff zu einem Wasserglas, öffnete eine Flasche Wasser und stellte es vor dem Kommissar auf die Theke: „Auf Kosten des Hauses."

„Sie wollen mich doch wohl nicht bestechen." „Mit einem Glas Wasser? Ist Münsters Polizei so billig zu haben?" Der Kommissar nahm einen Schluck und fragte danach: „So, die „Lola" ist weg, seit zweit Tagen. Warum denn?" „Das wüßten wir alle hier gerne." „Warum, was ist denn geschehen?" „Das ist es ja gerade. Sie kam vorgestern, am Nachmittag, ins Haus zurück, ging auf ihr Zimmer und blieb dort vielleicht 10 Minuten, eine Viertelstunde. Dann kam sie wieder herunter, mit ihrer Tasche, und sagte, dass sie noch mal weg müsste." „Und seitdem ist sie weg?" „Ja. Und der Chef dreht am Rad." „Geht ihm wohl recht nah, so ein Pferdchen zu verlieren?" „Sie sagen es. Das ist eine Investition, die sich rechnen muss. Wenn sie weg ist, entstehen Kosten ohne Einkünfte." „Böse Sache. Was wird denn vermutet?" „Der Chef ist selbst am Rätseln. Er hat schon seine Geschäftspartner und alle möglichen anderen Stellen gefragt und benachrichtigt. Sie scheint wie vom Boden verschlungen zu sein." „Von einer Vermißtenanzeige ist mir nichts bekannt." „Der Herr Polizist beliebt zu scherzen." „Ich lasse Ihnen meine Karte hier. Ihr Chef soll mich anrufen! Im Präsidium!" „Oberkommissar Schimpanski", der Barkeeper lächelte über das ganze Gesicht. „Vorsicht, passen Sie auf, was Sie jetzt sagen", warnte ihn der Kommissar. „Ich werde mich hüten. Aber Sie standen jetzt in der Zeitung. Wegen des Mordes an dem Professor." „Ja, das ist mein Fall." „Hängt Ihr Aufenthalt hier mit dem Fall zusammen?" „Warum fragen Sie? Können Sie mir etwas sagen?" „Nun ja, der Mann, dieser Professor, den sie da ermordet haben ..." „Ja?" „Also, aber nur hier unter der Hand!" „Klar!" „Also, der war hier manchmal." „Aha, das ist sehr interessant. Können Sie mir mehr sagen?" „Nun, der war hier immer wieder. Er ist dann immer mit der „Lola" zusammen gewesen." „Das ist ja hoch interessant. Der Ermordete besuchte hier im Haus eine verschwundene Prostituierte. Sie sehen, dass es für Ihren Chef nicht sehr gut wäre, wenn er nicht kooperativ mit der Münsteraner Polizei zusammen arbeiten würde." „Ich verstehe", antwortete der Barkeeper und winkte mit der Visitenkarte des Kommissars. „Danke für das Wasser", beendete der Kommissar das Gespräch und verließ das Haus. In aller Ruhe und mit nachdenklichem Gesicht ging er die wenigen Meter zum Dienstwagen zurück. „Hallo Chef, was ist los?" „Unsere Professorengeliebte hat sich aus dem Staub gemacht." „Was? Sie ist weg?" „Ja, selbst ihr Chef ist aus dem Häuschen über ihr Abhanden kommen." „Warum, hat sie sich nicht abgemeldet?" „Gar nichts ist geschehen. Sie kam am Mordtag hier an, blieb 10 Minuten und ward nicht mehr gesehen." „Das ist ein deutliches Eingeständnis für die Tat. Jetzt müssen wir sie nur noch kriegen." „Ja, und für diese Aufgabe habe ich schon meinen besten Mann im Einsatz." „Wen denn?" „Den Chef des Freudenhauses." „Warum ist der denn Ihr bester Mann?" „Wenn er sie bekommt, ist mein Fall gelöst, sofern sie es war. Wenn sie plötzlich in merkwürdig, schweigsamer Form wieder auftauchen sollte, dann ist sein Haus, dieser Tempel der Lust, ein Tummelplatz für die Spurensicherung und jeden anderen Polizisten in Münster sowie für ganze Hundertschaften der Bereitschaftspolizei. Der Chef des Hauses kann danach in dieser Stadt nichts mehr werden. Sein wirtschaftliches Todesurteil für Münster wäre das. Deshalb ist es auch in seinem Interesse, eine unversehrte und gesprächsbereite „Lola" uns zu überstellen." „Dann brauchen wir ja nur noch abzuwarten, bis er sie uns bringt", meinte die Polizistin, während sie über den Bushalteplatz vor der Bahnhaltestelle ihren Dienstwagen in Richtung Münster wendete.

---

4. Tag   3. Kapitel
Alibi - Frage

Den Weg kannte er schon von der Fahrt am Tag der Tat. War er damals mit einem mulmigen Gefühl gefahren, wegen der schlechten Nachricht, die er zu überbringen hatte, so fehlte dies jetzt völlig. Der Kommissar war auf der Jagd, da gab es keine Zeit für solche Gefühlsregungen. „Wie wollen Sie denn gleich vorgehen? Das ist doch etwas merkwürdig, die Ehefrau des Opfers gleichzeitig mögliche Täterin." „Stimmt, aber das ist nicht ungewöhnlich bei Morden und Tötungsdelikten. Immer wieder finden sich die Täter im unmittelbaren Familienkreis." „Das haben wir auch im Unterricht gehört, aber hier ist das doch etwas anderes. Immerhin geht es um ein akademisches Umfeld." „Gerade deshalb. In einfacheren Verhältnissen wird die Tat eher unkontrolliert ausgeführt. Mit einem Gegenstand, der zur Hand ist. An dem Ort, an dem die Emotionen hoch gekommen sind. Bei akademischen Schichten ist die

Selbstbeherrschung größer, familiär vorgegeben. Dies kann zu Handlungen führen, die vorher durchdacht wurden." „Stimmt. Dazu kann man auch die Einschaltung eines Detektivs zählen." „Genau" „Aber trotzdem, wie wollen Sie denn gleich vorgehen. Sie können doch nicht mit der Tür ins Haus fallen und ihr den Detektiv direkt vor den Kopf hauen." „Das ginge schon, würde bei ihr aber sofort alle Alarmanlagen auslösen. Nein, ich habe erst mal eine positive Nachricht. Das sorgt für eine unverdächtige Atmosphäre in der Unterhaltung." „Und ich bin als Zeugin der Aussagen dabei." „Natürlich, Sie sollen doch auch etwas lernen. Wofür haben Sie sich denn sonst bei der Polizei beworben?" „Aha." „Zudem ist es immer wichtig, bei einem Gespräch mit einem Verdächtigen einen Zeugen dabei zu haben. Da können Sie ruhig ihre Ausbilder fragen." Vor dem Wohnhaus der Frau Professor Neuhaus hielt die Kommissaranwärterin mit dem Dienstwagen. Nach dem Betätigen der Klingel warteten die beiden Beamten wieder einige Zeit, bis ihnen vom Hausmädchen Niki geöffnet wurde. „Ah, die Polizisten! Frau Professor kann empfangen", begrüßte sie die beiden Beamten an der Tür und geleitete sie den bekannten Weg in den Salon. Hier bot sie Ihnen sofort an im Sofa Platz zu nehmen und stellte eine Flasche Wasser mit Gläsern auf den gläsernen Tisch. Nach ungefähr fünf Minuten kam Frau Neuhaus in den Salon. Sie sah deutlich besser aus als zwei Tage zuvor. Frisch frisiert und geschminkt fehlte der Ausdruck einer trauernden Witwe. Sie setzte sich nach der Begrüßung in ihren Sessel an der gegenüberliegenden Tischseite. „Sehr geehrte Frau Professor Neuhaus, ich darf Ihnen mitteilen, dass die sterblichen Reste Ihres Mannes frei gegeben worden sind. Sie können somit alles für die Beerdigung in die Wege leiten", begann der Kommissar das Gespräch. „Danke, ich habe das Nötige schon in die Wege geleitet. Ist dies der einzige Grund für Ihren Besuch?", fragte sie, während sie sich ein Glas Wasser einschenkte. „Nein, nicht nur", antwortete der Kommissar. „Wir benötigen noch weitere Informationen über das Umfeld Ihres Mannes. Ich frage mich, ob es unter seinen Bekannten weitere Personen geben könnte, die zu so einer Tat fähig wären." „Da sind sie bei mir an der falschen Adresse. Er sprach nicht viel über seine Arbeit. Nur wenn er länger an der Uni zu tun hatte, meldete er sich. Auch bei Kongressen, zu denen er fuhr, informierte er mich." „Ansonsten nicht?"

„Nein, seine Kollegen waren mir nur von offiziellen Empfängen bekannt. Was soll ich auch dabei, wenn alle nur über das Mittelalter und ihre Arbeit reden?" „Also können Sie mir nichts sagen, über sein Leben während der Arbeit oder auch nach der Arbeit?" „Über seine Arbeit, nein, da kann ich nichts beitragen." „Und nach der Arbeit?" „Da war nicht allzu viel. Meistens kam er erst später am Abend heim, wegen Seminaren und Vorlesungen." „Hatte sich diese Abendarbeit in der letzten Zeit verstärkt? Kam er häufiger später heim?" „Ja, in den letzten Monaten, so seit Jahresbeginn schon. Er arbeitete an einem Buch, sagte er mir. Mehr weiß ich aber nicht." „An einem Buch? Und deswegen blieb er in der Uni?" „Ja, er hatte sogar seinen Computer, so einen kleinen transportablen, mit in die Uni genommen." „Für Sie bestand somit kein Zweifel, dass Ihr Mann in der Uni an einem Buch arbeitete und er deshalb später nach Hause kam?" „Ja, natürlich! Aber worauf wollen Sie hinaus?" „Und von Feinden seiner Arbeit sprach er nie?", fragte der Kommissar weiter ohne die Frage der Frau zu beachten. „Ja, davon hatte er nie gesprochen. Da ist mir nichts bekannt. Auch nicht von anderen Sachen als der Arbeit an der Uni. An Wochenenden waren wir zusammen oder er auf Kongressen, in Hamburg war vor kurzem noch einer." „Dabei bleiben Sie, dass Sie nichts über das Leben des Herrn Professor neben der Arbeit wissen." „Was soll das?", die Frau Professor wurde langsam ungeduldig. „Wie ich Ihnen gerade schon sagte, haben wir an Wochenenden und manchmal am Abend etwas unternommen. Dazu gibt es aber nichts zu sagen. Und dann die Kongresse, auf die er eingeladen war. Er brachte mir jedes mal etwas als Geschenk mit." „Frau Neuhaus, so ganz stimmen Ihre Angaben nicht." „Was? Wollen Sie mich als Lügnerin darstellen?" „Vielleicht ist es auch nur Selbstschutz gegenüber einer möglichen Verdächtigung als Tatbeteiligte." „Was?", die Stimme der Befragten wurde lauter. „Ich als Tatbeteiligte? Sie werden unverschämt, Herr Kommissar. Ich werde wohl meinen Anwalt einschalten müssen." „So weit muss es gar nicht kommen, wenn Sie ehrlich zu uns sind." „Was wollen Sie denn überhaupt? Ich, das zweite Opfer dieser brutalen Tat, werde jetzt von Ihnen als Mörderin verdächtigt." „Nein, nein, Frau Neuhaus. Sie können diese Angelegenheit aufklären. Aber Sie müssen ehrlich zu uns sein." „Das war ich doch, ich habe Ihnen, so weit ich konnte, geholfen." „Nein, das haben

Sie nicht. Aber ich gebe Ihnen eine letzte Möglichkeit. Haben Sie weitere Informationen über ihren Mann, die für die Täterermittlung wichtig sind?" Frau Neuhaus schwieg. Sie schaute den Kommissar aus schmalen, prüfenden Augen an. Nach der ersten Erregung hatte sie sich wieder im Griff. „Nein, ich kann Ihnen da nicht weiter helfen, Herr Oberkommissar." „Danke. Meine Kollegin hat diese Äußerung von Ihnen notiert. Jetzt sage ich Ihnen, das Ihre letzten Worte eine Lüge sind." Frau Neuhaus stand auf und wollte den Salon verlassen. Bis zur Tür ließ der Kommissar sie gehen. „Frau Neuhaus, was hat Ihnen Ihr Detektiv über das private Liebesleben Ihres Mannes erzählt?" Mitten im Schritt blieb die Frau stehen, hielt sich kurz am Türrahmen fest, drehte sich nach zwei, drei Sekunden um, schaute die beiden Polizisten an, ging zu ihrem Sessel und setzte sich hinein. „Was haben Sie da gesagt?" „Sie haben einen Detektiv beauftragt, das Leben Ihres Mannes und sein Freizeitverhalten zu beobachten." „Wer hat Ihnen davon berichtet?" „Irgendwie Sie selbst, denn wir haben Zeugen für diesen Sachverhalt. Es wäre eine Kleinigkeit, den Detektiv in Münster ausfindig zu machen, den Sie beauftragt haben. Bei Mord wird auch ein Detektiv vorsichtig." „Ja, es stimmt, ich habe einen Detektiv beauftragt. Mir waren die vielen langen Abende verdächtig vorgekommen. Das hatte erst im Frühjahr begonnen und wurde immer schlimmer." „Sie hatten zu viele Abende allein in diesem großen Haus verbracht?" „Ja, das war nicht schön. Mir kam bei jedem Artikel in den Zeitungen über Einbrüche in Münster die Angst hoch. Da habe ich einen Detektiv bezahlt." „Was hat er heraus bekommen?" „Nah, was wohl? Haben Ihnen das die Zeugen nicht gesagt? Er hatte eine Nutte. So ein junges Ding, mit der er es sich in diesem Haus in Sprakel und anderswo lustig gehen ließ", Frau Neumann stand auf, ging zum Getränkewagen und schenkte sich ein Glas Schnaps ein. „Was meinen Sie, wie mir danach war, als der Detektiv mir die Fotos zeigte?" „Nicht wohl. Sie hatten einen irren Hass auf Ihren Mann und sannen auf Rache. Und diese Rache führte vorgestern zur Tat!" Mit schneidender Stimme stellte Schimpanski Frau Neuhaus diesen Vorwurf entgegen. „Nein, nein! So war das nicht!", rief sie zurück und trank einen weiteren Schluck aus ihrem Glas. „Wie war es dann?" „Ich habe mit dem Mord an meinem Mann nichts zu tun." „Und wo waren Sie zum Tatzeitpunkt, vorgestern gegen 12.40 Uhr?"

„Ach je, ich war in der Stadt, Ludgeristraße, Prinzipalmarkt." „Keine 5 Minuten Fußweg vom Fürstenberghaus entfernt!" „Ja, das Haus liegt nun mal zentral", die Witwe hatte sich wieder gefangen, „aber man kann über Jahre in die Stadt gehen, ohne daran vorbei zu kommen." „Also dann nochmals. Wo waren Sie zum Tatzeitpunkt?" „Ich war in der Rotenburg, dann am Prinzipalmarkt entlang bis zum neuen Modegeschäft hinter der Ludgerikirche. Dann zurück durch die Salzstraße am Stadthaus vorbei zur Ludgeristraße. Dort traf ich meine Freundin Gisela Lückeritz. Mit ihr bin ich in die neue Picassopassage und dann in das Cafe im Picassomuseum gegangen. So gegen 13.00 Uhr bin ich mit einem Taxi zurück hierhin gefahren." „Also wäre Frau Lückeritz Zeugin für diesen Termin?" „Ja, natürlich!" „Haben Sie die Telefonnummer von ihr?" „Da müßte ich nachschauen. Warum denn?" „Meine Kollegin kann sofort bei ihr anrufen und sich Ihre Angaben bestätigen lassen", erklärte der Kommissar. „Oh, äh, ja gut, warten Sie", damit stand Frau Neuhaus auf und suchte ihr Handy auf einem kleinen Tischchen neben der Eingangstür. Sie stellte es ein und drückte einige Knöpfe, dann reichte sie das Telefon der Polizistin: „Hier können Sie sofort mit ihr reden." Kommissaranwärterin Dierkes lief mit dem Telefon in einen Nebenraum. „Haben Sie vielleicht noch Kassenbelege für Einkäufe?" „Da müßte ich nachschauen. Warum denn das?" „Auf den Belegen sind nicht nur Preise und Mehrwertsteuer, sondern auch das Datum und die Uhrzeit des Einkaufs aufgedruckt. Das wäre eine zusätzliche Bestätigung für Ihre Angaben. Und die Adresse vom Taxi wäre wichtig." Frau Neuhaus ging in den Flur und holte eine Handtasche, die sie vor dem Kommissar auf den Tisch stellte. „Schauen Sie selbst nach, sie müssen da noch drinnen sein." Die weiße Handtasche aus einem weichen und teuren Leder gefertigt, nahm der Polizist in die Hand und öffnete den feinen, von einem Juwelier gemachten Verschluss. Nach kurzem Durchschauen des ansonsten für eine Frau üblichen Inhalts, hatte er mehrere Quittungen gefunden und vor sich auf den Tisch gelegt. Die beiden ersten Kassenbelege stammten nicht vom Tattag. Der dritte aber passte. Er war in dem neuen Modeladen für ein Kleid ausgestellt worden, dessen Preis den Kommissar schwindelig werden ließ. Als Zeitpunkt für den Kauf war 12.05 Uhr angegeben. „12.05 Uhr auf dieser Quittung, das ist noch kein wirklicher Beweis für Ihre Angaben", kommentierte der Kommissar. „Picassomuseum, Museumscafe" prangte in dunkler Schrift auf der nächsten. „Aha, hier wird es jetzt spannend. Das ist der Beleg aus dem Cafe. Datum in Ordnung. Zum Preis sage ich nichts, aber die Uhrzeit! Ja, gut, das passt, 12.45 Uhr wurde das Essen bezahlt." Frau Neuhaus hatte einen Gesichtsausdruck angenommen, der nur ablehnende Verachtung für das Tun des Polizisten ausdrückte. Sie reagierte nicht auf die Worte des Kommissars. Etwas später, es kam dem Kommissar deutlich länger vor, kehrte Dierkes zurück in den Salon. „Herr Oberkommissar, Frau Lückeritz bestätigt die Aussage der Frau Neuhaus. Sie war mit ihr zur fraglichen Zeit im Picassomuseum." „Danke, dann ist dieser Verdacht wohl ausgeräumt. Diese Quittungen benötige ich für die Akten, als Beleg für Ihre Darstellung." Frau Neuhaus nickte nur ohne etwas zu sagen. „Vielleicht werden wir die Angaben noch in den Geschäften kontrollieren, ich hoffe Sie haben dafür Verständnis." Auch hierauf antwortete die Frau Professor nicht. Der Kommissar stand auf, winkte seiner Kollegin und wendete sich zum Weggehen: „Ich hoffe, wir haben Ihnen nicht zu viel Umstände bereitet. Auf Wiedersehen." „Sie finden allein heraus, Herr Kommissar", kam als Antwort zurück.

„Mist, das hat nicht geklappt", meldete sich die Kommissaranwärterin, während sie den Wagen in den Verkehr auf dem Kardinal-von-Galen-Ring einfädelte. Der Kommissar, ganz auf das rasante Fahrverhalten seiner Kollegin konzentriert, meinte nur: „Was?" „Wie was?", ein blauer BMW wurde auf der rechten Fahrbahn stehen gelassen. „Ja, was soll nicht geklappt haben?" Die rote Ampel Ecke Ring/Hüfferstraße bremste den Wagen aus. „Na, die Überführung der Mörderin." „Ach, quatsch. Was soll denn das. Nur weil es so schön ist Bild passte, kann man doch nicht mit aller Macht diese Frau zur Täterin machen." „Würde aber gut in die üblichen Tatmotive passen. Mann hat Liebhaberin, Frau schlägt zu." In den Beifahrersitz von der Beschleunigungsgeschwindigkeit gedrückt, meinte der Kommissar: „So geht das nicht, wir sind hier doch nicht in den USA. Wir hier müssen in alle Richtungen ermitteln. Dazu sind wir verpflichtet." „Stimmt schon, aber wäre doch ein schöner, intelligent gemachter Eifersuchtsmord gewesen." „Ist er aber nicht, zumindest bisher nicht." „Warum denn bisher?" „Nun, wir schauen uns die bisherigen Ergebnisse an und überlegen dann weiter. Die Quittungen haben wir und das Wort der Freundin." „Die war glaubwürdig?" „Was man so ...", ein scharfer Bremsvorgang in Höhe der Steinfurter Straße unterbrach den Satz. „Am Telefon klang sie sehr glaubwürdig. Mußte sich erst mal erinnern, aber dann war sie sehr sicher, dass sie im Picassomuseum waren. Sogar Kleinigkeiten fielen ihr ein." „Könnte zwar abgesprochen worden sein, aber die Sache mit dem Detektiv schien sie doch überrascht zu haben." „Ja, das saß, das hat sie richtig überrascht. Aber sie hatte sich auch sofort wieder im Griff." „Bester Münsteraner Bürgeradel", kommentierte der Kommissar die Einschätzung. Nach einer schwungvollen Linkskurve vor dem ankommenden Gegenverkehr erreichte ein etwas nervöser Kommissar das Präsidium.

4. Tag   4. Kapitel
Spurenfülle

„Jetzt möchte ich doch gerne ins Wochenende", bemerkte der Kommissar, während Kommissaranwärterin Dierkes den Dienstwagen in einer rasanten Kurve auf den Hof des Präsidiums lenkte. Beim Betreten des Gebäudes meldete sich aus seiner Pförtnerloge Karl-Rudolf Blümcke. „Herr Kommissar, gut, dass Sie noch ins Haus kommen. Es hat sich etwas getan. Eine Nachricht ist für Sie eingetroffen." „Eine Nachricht? Wegen des Mordes?" „Ja, soll wohl so sein. Habe sie nicht gelesen. Liegt bei Ihnen auf dem Schreibtisch." „Danke für die Information." Schon beim Öffnen seiner Bürotür blickte Schimpanski auf den Schreibtisch und dort auf ein weißes DIN-A-4 Blatt mit wenigen Zeilen Text. Ein Ausdruck aus einer Mail-Adresse. „Aha, die modernen Informanten werfen keine Briefe mehr ein, sondern senden anonyme E-Mails an die Polizei", dachte der Kommissar. Von einem Absender mit einem Phantasienamen war das Schreiben an die Pressestelle des Präsidiums gesandt worden. Der wichtigste und zugleich einzige Satz lautete: „Siegbert von Telgte war im Fürstenberghaus zum Zeitpunkt des Mordes in der Kantine gesehen worden." „So ein Mist", entfuhr es dem Kommissar. Jetzt war sein schöner einfacher Mordplan mit der ominösen „Lola" wohl nicht mehr zu halten. Auch wenn er nur eine geringe Meinung zu anonymen Informationen hatte, so würde ihn der Polizeirat gewaltig rüffeln, wenn er diesem Verdacht nicht folgte. Er würde ihn dazu zwingen, sich mit dieser Nachricht zu beschäftigen. „Schauen Sie sich das an", begrüßte er die Polizistin, als sie sein Büro betrat. Dabei reichte er ihr das Schreiben hinüber. „Was jetzt? Sollen wir dem Studenten ein weiteres Mal einen Besuch abstatten? Dann dürften wir diesen Rechtsanwalt persönlich kennen lernen." „Lassen Sie uns erst einmal in Ruhe nachdenken. Wie können wir dieser Spur folgen, ohne dass wir einen direkten Besuch abstatten müssen." „Was ist eigentlich mit den Fingerabdrücken von dem Studenten und denen auf dem Türgriff?" „Gut, sehr gut. Erstmal brauchen wir das Ergebnis vom Vergleich der Fingerabdrücke. Wo ist die Nummer? Hier", der Kommissar wählte die Nummer vom Labor. „Hoffentlich ist da jetzt noch jemand", sagte er zu seiner Kollegin, während er auf eine Reaktion am anderen Ende wartete. „Ja, Tach, Herr Doktor, hier Oberkommissar Schimpanski. Ich rufe wegen der Fingerabdrücke von dem ... Ja, genau, Sie wissen Bescheid." Er wartete ab und spielte mit seinem Kuli herum, während am anderen Ende der Mitarbeiter vom Labor die Daten der Untersuchung nach schaute. Mit der Spitze tippte er dabei auf dem Blatt mit dem anonymen Hinweis herum und hinterließ kleine blaue Punkte darauf. „Ja, was?" Er machte sich kurze Notizen auf das Blatt. „Ja, danke!" Er hörte weiter den Ausführungen des Doktors vom Labor zu. „Ja, das ist interessant. Ihr habt uns sehr geholfen. Beste Grüße an den Herrn Professor." „So, jetzt wissen wir mehr oder auch nicht." „Was denn?" „Folgendes. Die Fingerabdrücke sind nicht von unserm aufbrausenden Studenten. Auch nicht der Daumen. Sie sind zum einen von der Sekretärin des Professors. Der Daumen stammt von unserer geheimnisvollen „Lola". Also, ein weiterer Stein in unserem Puzzle, der sie belastet." „Dann denke ich, dass es vielleicht so ablief. „Lola" ging zum Professor in sein Büro, um ihn wegen der Scheidung und einer Hochzeit zur Rede zu stellen. Sie machte das in der Mittagspause, weil sie wußte, dass sie ihn dann ohne Beobachter antreffen würde. Der Professor gab sich schweigsam oder sagte sogar, dass es keine Scheidung geben werde. „Lola" fühlte sich betrogen und nahm irgend etwas, mit dem sie zuschlug. Der Professor verstarb an seinem Schreibtisch. Wenige Minuten später erscheint die Sekretärin und findet den toten Professor." „So könnte es gewesen sein", bemerkte der Kommissar. „Es kann aber auch ganz anders sein. Der uns unbekannte Mörder, vielleicht Siegbert von Telgte, tötete den Professor, bevor „Lola" zu ihrem Besuch beim Professor kam. Diese findet den Professor schon tot vor und gerät in Panik." „Dem Studenten traue ich auch eher zu, die Spuren zu verwischen und zudem noch den Computer und einige Wertgegenstände einzupacken, um einen Raubmord vorzutäuschen." „Deshalb ist es wichtig, diesem anonymen Hinweis nachzugehen", bemerkte der Kommissar. „Aber wie?", fragte die Polizistin. „Wir müssen uns das Haus anschauen. Wo könnte er hinein gekommen sein und wo wieder heraus?" „Wenn er ein Auto dabei hatte, wo hat er es abgestellt?" „Stimmt, er besitzt ein Auto und dürfte zu faul sein, einen Bus oder das Fahrrad zu nehmen." „Bei der kurzen Strecke vom Aasee?" „Möglich ist alles", meinte der Kommissar. „Die Tiefgarage unterm Aegidiimarkt?" „Eine Möglichkeit. Rufen Sie mal bei der Garagenverwaltung an, die haben doch bestimmt eine Videoüberwachung von Einfahrt und Ausfahrt. Das müssen wir durchschauen." „Genau, das wäre eine Möglichkeit", rief die Kommissaranwärterin und lief zur Tür. „Besorgen Sie sich zudem die Marke des Wagens von dem Studenten und die des Vaters", empfahl der Kommissar. „Das dürfte eine etwas eintönige Arbeit werden", überlegte der Kommissar, „zum Glück haben wir die genauen Daten zur Tat, so dass man nur zwei, drei Stunden um den Tatzeitpunkt auf den Videos durchschauen muss." Dann rief er bei der Einsatzbereitschaft an und fragte nach Kollegen, die sich dieser Aufgabe widmen könnten. Angenehmer als ohne eine Aufgabe einem Einsatz entgegen zu warten, ist diese Arbeit an den Bildschirmen allemal. „Ich fahre zum Aegidiimarkt und hole die Videobänder aus der fraglichen Zeit vom Tattag", meldete sich nach einigen Minuten die Kommissaranwärterin. „Frau Dierkes, ich komme mit. Ich möchte mir das Fürstenberghaus anschauen, wegen der Wege zum und vom Tatort." Die Fahrt zum Aegidiimarkt bedeutete keine Anstrengungen, da der Verkehr in Münsters Innenstadt sich deutlich von dem an Werktagen unterschied. Vor dem großen, rotgeklinkerten Marktareal ließ der Kommissar an der Bushaltestelle anhalten und stieg aus. „Sie holen jetzt die Filme und bringen sie zum Präsidium. Die Kollegen schauen sie sich durch. Marke und Farbe der beiden

Wagen von Vater und Sohn von Telgte haben Sie Ihnen ja schon mitgeteilt. Bin gespannt ob etwas zu finden ist", verabschiedete sich der Kommissar. „Kommen Sie heute noch zurück?" „Vielleicht, aber nur wenn die Kollegen etwas finden. Informieren Sie mich auf jeden Fall mit einem Anruf auf meinem Handy." „Gut, dann noch schöne Stunden." Nachdem der Polizeiwagen die Bushaltebucht verlassen hatte, überquerte der Kommissar die Johannesstraße und ging über die Pferdegasse zum Fürstenberghaus. Dabei betrachtete er genauer als sonst üblich die Strecke, denn er wollte nachspüren, wo der Mörder nach der Tat hätte hergehen können. Durch den Haupteingang betrat er das Universitätsgebäude und schaute sich auch hier um. Zur Linken führte eine breite Treppe in das erste Stockwerk zu den Hörsälen. Rechts befand sich der Eingang zu dem kleinen aber feinen Museum der Archäologen. Vor wenigen Jahren neu renoviert, war es nach dem Abzug vom Archäologischen Landesmuseum der einzige Ort für Freunde alter Keramik und griechischer Klassik in Münster. Er durchquerte die große Halle, betrat das Treppenhaus, schaute sich um und las die Schilder an den Wänden. Der Hinweis auf eine Kantine im Keller erinnerte ihn daran, dass er seit dem Frühstück noch nichts Wesentliches zu sich genommen hatte. Er ging die Treppen hinab und folgte im Kellergeschoß dem Hinweisschild nach rechts in das „KABU-Bistro". Das Kürzel KABU erinnerte an den alten Studentennamen für diese Einrichtung vom Studentenwerk Münster: „Kakaobunker". Leider schon geschlossen. „Das Wochenende beginnt an der Uni früher als bei einem Kommissar im Dienst", dachte er. Nach diesem Fehlschlag schlenderte er ziellos durch das Haus und schaute sich die verschiedenen Stockwerke an. Vom Keller durch die verschiedenen Etagen bis unter das Dach. Dabei wurde ihm sehr schnell klar, das man sich hier aufhalten kann, ohne gesehen zu werden oder als Ortsfremder aufzufallen. Eingänge gab es sowohl im Keller als auch an mehreren Seiten im Erdgeschoss. Lange Gänge führten entlang von unzähligen Bürotüren um den großen Innenhof. Mehrere Treppenhäuser verbanden die einzelnen Etagen. Es war somit möglich, an einer Ecke das Haus zu betreten und an einer anderen es wieder zu verlassen. Einige Flure endeten in Bibliotheken einzelner Fachbereiche. Etwas enttäuscht verließ er nach einiger Zeit das Haus. Wie sollte man unter solchen Umständen bloß den Mörder finden?

Nachtlektüre

Die Arbeit der letzten Tage hatten seiner Konstitution nicht gut getan. Seine Lust sich noch in irgendeiner der Münsteraner Clubs oder Kneipen die Zeit zu vertun, war gleich null. Deshalb verfuhr er wie er es mehrfach in den letzten Wochen, nach dem Ende seiner Beziehung mit Katrin gemacht hatte. Auf dem Heimweg ging er in die Feinschmeckerabteilung bei der „Kaufstadt" in der Salzstraße vorbei. An mehreren Theken boten hier Vertreter unterschiedlicher mediterraner Küchen ihre Produkte an. Beim Italiener ließ er sich eine große Portion Tortellini in Sahnesoße und einen Bauernsalat sowie Tiramisu geben. Diese Köstlichkeiten, gut und wärmegeschützt eingepackt, brachte er auf seinem Fahrrad zur Wohnung. Die Tortellini in der Mikrowelle nachgewärmt und zusammen mit Salat und Dessert auf den Esstisch in seiner kleinen Küche gestellt, dazu ein leichter, sommerlicher Roter aus südlichen Gefilden und die kulinarische Entspannung konnte beginnen. Nachdem der erste Hunger gestillt und seine Geschmacksnerven langsam unter Arbeitsüberlastung stöhnten, ließ er sich im Stuhl zurück gleiten und schaute durch das Fenster in den von der tief stehenden Sonne beschienen Hinterhof. Nach einiger Zeit fiel ihm etwas ein, was er eigentlich schon die ganzen Tage hätte machen wollen, aber bisher nicht erledigen konnte. Wann hätte er es auch machen sollen? Spontan ging er zum Schreibtisch im Wohnzimmer und nahm den braunen Umschlag mit dem Korrekturausdruck des Buches heraus. Zwischen Weinglas und Dessert legte er den Ausdruck und begann in den Seiten zu blättern. Es war so zusammen gelegt, wie man sich ein Buch vorzustellen hatte. Nach dem Titelblatt folgte eine Inhaltsangabe mit Seitenzahlen. Diesem folgte ein Hinweis auf Abbildungen und Karten sowie auf den Beitrag eines anderen Autors am Buchende. Zunächst blätterte der Kommissar einfach nur jede Seite um. Der Ausdruck mit seinen über 400 Seiten war vom Professor Neuhaus intensiv gelesen worden. Kaum eine Seite konnte er umschlagen, ohne dass sich nicht der eine oder andere Vermerk darauf befand. Nach ungefähr der Hälfte des Buches stutze der Kommissar beim Umblättern. „Was soll das denn?", sagte er halblaut. Von einer Seite auf die andere waren die Blätter um 180 Grad verdreht. Der Text stand auf dem Kopf. Nach weiteren Seiten war ihm der Grund hierfür klar, auf diesen Seiten fanden sich keine Anmerkungen von Neuhaus. Demnach hatte der Professor den Buchtext nur bis hier gelesen und kommentiert. Schimpanski blätterte trotzdem weiter, um zu schauen, ob nicht an einer späteren Stelle das Mordopfer noch gelesen hatte. Er fand aber keine weiteren Anmerkungen. Beim Durchschauen der Literaturliste waren einzelne Namen durch Neuhaus angestrichen worden. So sein eigener Name, der mit dem Hinweis auf drei seiner Bücher verbunden war. Auch die Namen von Professor Mertens sowie Gilbert Rommé, dem Leiter des Stadtmuseums von Münster und der von Stadtarchäologin Caroline Dickens waren angemerkt. Weitere Namen, mit denen der Kommissar nichts anfangen konnte, hatten Unterstreichungen erfahren. Die Bücher, die zu den Namen genannt wurden, hatten fast alle mit Archäologie zu tun. „Was hatte das zu bedeuten? Ein Buch, von einer Person, die der Professor bei seinen Schülern nicht duldete, das er selbst aber als Korrekturausdruck in seinem Büro liegen hatte", dachte der Kommissar. „Und zudem diese Markierungen die nur die archäologische Literatur zum Buch betrafen?" Nach diesem ersten Durchblättern legte er die Blätter zur Seite und genoß die Reste vom Tiramisu. Nach der Stärkung aus Süße und Rotwein nahm er die überarbeiteten Seiten aus dem Stapel und begann darin herum zu lesen. Nach einer Einleitung beschäftigte sich der Autor mit dem Kaiserdom von Aachen. Insbesondere Bauart des Oktogon, des achteckigen Zentralgebäudes, und der Vergleich mit anderen Gebäuden aus der Zeit vor seiner Errichtung waren der Schwerpunkt. Im Zweiten Abschnitt des Buches beschäftigte sich der Autor mit den archäologischen Grabungen in Köln. Der Bau einer U-Bahn-Linie ermöglichte den Archäologen optimale Einblicke in die Geschichte der alten Römerstadt seit ihrer Gründung bis in die Gegenwart. Auch hier hatte Professor Neuhaus Vermerke, besonders bei Datierungen von Fundkomplexen aus der Spätantike vorgenommen. Im Buchkonzept folgte ein Kapitel über die Wikinger, ihre Entstehung, die Raubzüge im Frühmittelalter und die Sesshaftwerdung in Nordfrankreich. Auch hier interessierte sich Professor Neuhaus besonders für die archäologischen Hinweise und die Aussagen der Grabungsfachleute. Nach diesem Kapitel endeten die Anmerkungen des Professors im Text. Für den Kommissar der untrügliche Beleg dafür, dass Neuhaus mit der Lektüre vor seiner Ermordung bis zu dieser Seite gekommen war. Im folgenden Kapitel, das sich mit Ausgrabungen in Münster beschäftigte, fand er keine Anmerkungen und Zeichen von Neuhaus. Was sollte er mit dieser Information machen? Konnte sie zur Lösung des Falls beitragen? Wohl kaum, denn es handelte sich um die wissenschaftlichen Anmerkungen eines Akademikers. Was sollten Sie mit dem Mord zu tun haben? Nur merkwürdig war für den Kommissar, dass der Professor ein Buch las, welches er seinen Studenten nicht für ihre Arbeiten zulassen würde. Warum das? Na gut, es kann sich auch um eine ganz normale Angelegenheit handeln. Vielleicht sollte der Professor für eine Zeitschrift oder den Verlag eine Stellungnahme zu dem Werk des Kritikers schreiben. Als Kriminaler kam man immer wieder dazu hinter jedem und allem etwas Verdächtiges zu vermuten. Nachdem er über eine Stunde auf dem Holzstuhl am Esstisch gesessen hatte, meldete sich sein Rücken und wies durch langsam steigende Schmerzen auf die Folgen seines Tuns hin. Dies wollte er nicht auf die Spitze treiben und griff sich deshalb sowohl das Weinglas als auch die Textseiten und ging ins Wohnzimmer. Hier erwartete ihn sein Lesesessel, der gemütlich und mit einer Lampe versehen, auch stundenlanges Sitzen nicht bestrafen würde. Er nahm die Seiten von dem Kapitel zur Hand, welches die wahrscheinlich letzte Lektüre des Opfer gewesen war. Nachdem er mehrere Seiten gelesen hatte, bemerkte er, genauer seine Fingerspitzen bemerkten dies, beim Festhalten der Blätter, dass die Rückseiten einzelner Blätter uneben waren, Linien waren zu spüren. Zuerst dachte er sich nichts dabei, einen Stapel Blätter für Aufzeichnungen zu nutzen war doch nichts Ungewöhnliches. Beim Professor war es sogar bekannt, dass er vieles auf seine Notizzettel geschrieben und an seiner Pinnwand aufgehängt hatte. Erst allmählich kam ihm die Bedeutung dieses Sachverhaltes richtig zu Bewußtsein. Wann hatte der Professor diese Seiten gelesen? Der Kommissar sprang auf und lief in die Küche. Dort griff er den Briefumschlag und schaute auf den Poststempel. „Oh, ha, das wäre ja eine Sensation", rief er vor Überraschung aus. Die Sendung war drei Tage vor dem Mord abgestempelt worden. Zurück beim Lesesessel schaute er sich die Rückseiten der Blätter genauer an. Er hielt sie gegen das Licht der Lampe und fuhr mit den Fingern darüber. Bis zum Titelblatt verfuhr der Kommissar so mit jeder einzelnen Seite. Alle, auf deren Rückseite er Linien entdeckte legte er zusammen. Am Ende waren es 12 Blätter.

Nachdem er sich diese nochmals angeschaut hatte ging er zum Telefon und wählte die Nummer vom Präsidium. „Ja? Hallo hier Oberkommissar Schimpanski." An anderen Ende antwortete ihm Blümcke, der den Telefonnotdienst an diesem Wochenende erledigte. „Ja, leider, jetzt am Samstag zu dieser Stunde. Ist denn jemand von der Spurensicherung da?" Es wurde ruhig am anderen Ende, nur dumpfe Töne von der internen Rufanlage konnte er vernehmen. Die Notbesetzung in der Zentrale suchte im Haus einen Ansprechpartner. Dann kam die Stimme wieder laut durch das Telefon. „Da haben Sie aber echtes Glück gehabt. Ein Einbruch in ein Juweliergeschäft auf den Prinzipalmarkt hat den Kollegen hier im Haus gehalten, ich verbinde." Ein Knacken und Rauschen, dann meldete sich eine müde Stimme. „Ja, hier Lohmann." „Ah, das trifft sich gut, Kollege Lohmann, hier Schimpanski." „Ach, der Unimord!" „Genau, Peter, und Dich brauche ich für die Lösung des Falls." „Und das ausgerechnet jetzt um diese Zeit?" „Ist ganz wichtig, wirklich!", die Stimme des Kommissars beinhaltete eine bestimmende Dringlichkeit. „Ach je, das wird wieder dauern, aber gut, wann bist Du da?" „Ich fahre jetzt los und werde, ja, in 30 Minuten da sein?" „So lange?" „Ich werde doch nicht die wertvollen Beweise in Gefahr bringen, ich fahre langsam." „Ha, ha, ha. Aber wenn Du kommst, dann bring mir was zum Essen mit!"

Pünktlich nach 30 Minuten erschien Oberkommissar Schimpanski im Labor der Spurensicherung. Neben seiner Ledertasche mit den Unterlagen hatte er noch eine Plastiktüte in der Hand. „Guten Abend der Herr Lohmann, wie gewünscht das Essen. Doppelte Pommes rot-weiß und zwei Currywürste vom ersten Haus am Rosenplatz. Sowie etwas wachhaltendes Brausewasser aus amerikanischer Produktion." „So was nenn´ ich Service. Danke, das richtet mich wieder auf. Was bekommst Du dafür?" „Nichts Peter, das ist aktive Förderung des Betriebsklimas." Während Peter Lohmann sich über die Pommes und Würste her machte, holte der Kommissar die Blätter mit den Linien der durchgedrückten Notizen hervor. „Hier, diese Blätter in diesem

Umschlag", bei diesen Worten hielt er den grauen Briefumschlag dem Kollegen vor die Augen bis dieser nickte und mit vollem Mund aufschaute. „Diese Blätter haben Abdrücke von Notizen des Opfers. Die mußt Du mir sichtbar machen. Ich glaube sie könnten uns zum Täter führen." „Wann brauchst Du sie." „Vorgestern, am besten noch vor der Tat, die war am Mittwoch gegen 12.30 Uhr." „Wird gemacht, wo hast Du die Zeitmaschine?" „Ja, die könnte ich wirklich gebrauchen, aber Spass bei Seite, es ist wichtig und bis morgen früh doch machbar?" „Ich denke schon. Dann kommst Du morgen und willst Dir am heiligen Sonntag den Mörder schnappen?" „Ja, wenn es möglich ist."

Jagdfieber

Geschlafen hatte er in der vergangenen Nacht schlecht. Zuerst konnte er nicht einschlafen, dann wachte er immer wieder auf. Die kurzen Träume waren angereichert mit Erinnerungen an die Ermittlungen der letzten Tage. In den Wachphasen dachte er an die möglichen Inhalte der gefundenen Notizen in den Buchseiten. Irgend wann gelang es dem Schlaf doch noch, die Oberhand zu gewinnen. Aber der nervenzereißende Ton seines Weckers beendete diese Phase gerade in dem Augenblick, als Professor Neuhaus sich von seinem Schreibtisch aufrichten wollte, um ihm den Namen seines Mörders zu nennen. Zufrieden, nicht auch noch diesen Schwachsinn träumen zu müssen, begab sich Oberkommissar Schimpanski unter die Dusche und ließ sich von eingesprenkelten Kaltwasserschüben wecken. Beim Frühstück, einige Sonnenstrahlen hatten sich auf den Tisch verirrt, dachte er schon sehr viel ruhiger über die geleistete Arbeit nach. Im Präsidium ging er sofort ins Labor, um sich die Untersuchungsergebnisse geben zu lassen. „Die liegen schon bei Dir auf dem Schreibtisch", grummelte sein Kollege, dessen Stimmung mit zunehmender Sonne nur noch schlechter wurde. „Ja, ja, der Sonntagsdienst macht aus dem größten Spaßvogel einen Grummelbären", dachte der Kommissar, sagte aber: „Lieber Kollege Lohmann, freue Dich, vielleicht benötige ich Dich noch heute. Es geht um Mord!" „Ach ja, willst Du denn unbedingt heute den Fall lösen?" Der Oberkommissar lächelte nur seinen Kollegen an und entschwand in sein Büro. Dort öffnete er den Umschlag mit den Buchseiten und zudem Kopien und Fotos von den Seiten. Mittels verschiedener Untersuchungsmethoden hatte der Kollege die Abdrücke der Notizen entschlüsselt und auf einem Blatt zusammen geschrieben. Als erstes legte er die Blätter und die Entschlüsselung nach der Seitenzahl geordnet hintereinander. Dann begann er die einzelnen Notizen in dieser Reihenfolge zu lesen. Von den 12 untersuchten Seiten waren am Ende nur noch vier von Interesse. Diese legte er in der Reihenfolge der Seiten vor sich auf den Schreibtisch. Danach suchte er die Auszüge der Telefonlisten von Handy und Festanschluß des Professors. „Aha. Das ist interessant", dachte er laut. Dann griff er zum Telefon und wählte eine Nummer. „Ja, hier Schimpanski, kommen Sie doch mal in mein Büro." Wenig Später erschien Kommissaranwärterin Dierkes im Büro. „Schönen guten Morgen, Herr Kommissar." „Moin, Frau Kollegin. Mal schauen ob er wirklich für alle so schön wird." „Warum, haben Sie eine Lösung des Falls?" „Das möchte ich sagen. Kommen Sie mal hier herum und schauen Sie sich diese Notizen an." Die Polizistin folgte der Aufforderung, stellte sich neben den Kommissar und betrachtete die Blätter. „Das ist mir erst gestern beim Lesen, besser Durchblättern des Buchausdrucks aus dem Schreibtisch von Professor Neuhaus aufgefallen. Der Professor hat die Seiten als Unterlage für Notizen genommen." „Super, dann haben wir die Informationen über seine Anrufe und Termine vom Tattag?" „Sie haben doch auch den Halter mit den Notizzetteln auf dem Schreibtisch gesehen und die Pinntafel mit einigen der Zettel?" „Ja, klar." „Scheinbar hat der Mörder einige entfernt, damit wir nicht wissen mit wem er an diesem Tag gesprochen hatte." „Ja, aber die Telefonate werden doch aufgezeichnet." „Klar, das war dem Mörder vielleicht auch bewußt. Aber, sehen Sie, hier in der Liste, wie auch in dieser Liste für den Festnetzanschluss gibt es nur einen Anruf von einer Telefonzelle, diesen hier." „Ja, und Sie glauben, dass ist der Anruf des Mörders?" „Das weiß ich nicht, aber es wäre möglich." „Da ist der Anrufer ..." „Anruferin!" „... mit dem Vorsatz zu ihm gegangen ihn zu töten." „Kann sein, muss aber nicht." „Und wie weiter?" „Ich habe die Notizen hier nach den Seiten des Buchausdrucks gelegt. Der Professor galt als sehr ordentlich, deshalb hat er das Buch, die Kapitel, Seite für Seite gelesen." Die Polizistin nickte. „Gut, hier auf Seite 197 ist eine Notiz geschrieben worden, die passt mit diesem Anruf um 11.20 Uhr zusammen." Der Kommissar zeigte auf die Notiz und dann auf die Anrufeliste. „Hier auf Seite 204 ist eine weitere Notiz, die sich auf den Anruf um 11.32 Uhr bezieht. Und auf Seite 211 ist die letzte Notiz des Professors in diesen Seiten. Die Notiz passt zum Anruf um 11.56 Uhr, dem aus der Telefonzelle." „Die letzte Notiz des Professors bezieht sich somit auf den Anruf seines Mörders?" „Sehr gut möglich." „Das heißt, dass dieser Name hier mit dem Mord im Zusammenhang steht?" „Ich vermute es." „Dann haben wir die Tat aufgeklärt?" „So weit bin ich noch nicht." Der Kommissar ging zur Pinnwand und entfernte einen Umschlag, aus dem er einen von mehreren Plänen heraus nahm. „Hier ist der Bauplan des Fürstenberghaus, die Etage mit dem Büro des Professors", erklärte er seiner Kollegin. Er breitete das Werk auf seinem Schreibtisch aus und betrachtete ihn. „Hier ist das Büro, hier und hier sind die großen Treppenhäuser", dabei deutete er auf die angegebenen Stellen im Plan. „Ganz schön groß, da kann jeder ein- und ausgehen, ohne dass er auffällt oder gesehen wird", meinte die Polizistin. „Nicht ganz, es gibt Personen, die jeder kennt, oder zumindest viele, und die hier nicht so einfach durch den Flur gehen könnten ohne aufzufallen." „Wer denn?" „Die Professoren und Lehrkräfte, die jeder Student aus seinen Vorlesungen oder Seminaren kennt. Diese Personen müßten nach so einer Tat vorsichtig sein." „Sie suchen einen Schleichweg aus dem Haus?" „Ja." „Was ist denn das hier, hier im südwestlichen Hauseck?" Beide beugten sich über den Plan und schauten sich die Zeichnung an. Dann griff der Kommissar den Umschlag und holte die anderen Pläne heraus. Auch auf diesen interessierte ihn die Bausituation an dieser Ecke vom Fürstenberghaus. „Das wäre es. Das könnte es sein", rief er und nahm den Telefonhörer. „Ja, Kollege, Sie werden gebraucht. Es gibt Arbeit für Sie! Nehmen Sie ihr kleines Labor mit und kommen Sie in mein Büro." Anschließend suchte er in seinem Notizbüchlein herum, bis er eine Notiz gefunden hatte und rief die dort aufgeschriebene Telefonnummer an. Er musste einige Zeit warten, bis sich am anderen Ende jemand meldete: „Herr Timmermanns? ... Sehr gut, ich benötige Sie schnellstens im Fürstenberghaus. .... Ach, Sie sind schon dort! Das ist bestens. Ich werde in Kürze mit meiner Kollegin bei Ihnen. ... Wer, ach so, ja, Oberkommissar Schimpanski, meine Kollegin heißt Dierkes. Und ein Kollege von der Spurensicherung wird dabei sein."

Mitarbeiterbetreuung

Nach dem erneuten Aufsuchen des Fürstenberghauses gab es neue Erkenntnisse über den Tathergang. Zunächst mußte der Kommissar aber den Bericht aus dem Labor abwarten - eine Übung die er nur sehr ungern machte. Mit den bisherigen Ermittlungen im Mordfall Neuhaus war Oberkommissar Schimpanski nicht unzufrieden. Er hatte zwar keinen der Verdächtigen überführen können und mit jedem Tag würde es schwieriger werden dies zu tun. Die Spuren wurden langsam kalt, aber mit den Notizen und dem Verhalten der Prostituierten gab es konkrete Indizien, die sich auf zwei Verdächtige konzentrierten. Vielleicht konnte er auch noch den Studenten, dessen Alibi doch etwas schwächlich daher kam, hinzu zählen. Aber bei einem Rechtsanwalt mit der Kompetenz und dem Ansehen von Droste-Fischring würde es kein leichtes Spiel sein, den Sohn des Immobilienmillionärs Telgte zu verurteilen. Einzig die Prostituierte „Lola" war noch auf seiner Liste verblieben, ohne einen Anflug von Alibi. Dies, zumal er sie noch nicht einmal hatte sprechen können. Die Flucht und ihr Verschwinden machten sie höchst verdächtig. Er hatte sie zur Fahndung ausgeschrieben, aber das hatte bisher wenig gebracht. Die jeweiligen Dezernate waren verständigt, sowohl in NRW als auch in Bremen und Hamburg. In seine Überlegungen hinein klingelte das Telefon: „Ja, hier Schimpanski." Am anderen Ende meldete sich die Telefonzentrale: „Herr Oberkommissar, hier ist ein Anrufer, der Sie sprechen möchte. Er will seinen Namen nicht sagen, aber es ginge um den Mord an Professor Neuhaus." „Sofort durchstellen!" Am anderen Ende der Leitung hörte er zuerst nur das Geräusch von lautem Atem. „Hallo, wer spricht dort? Antworten Sie!"

„Ja, ja", die Stimme kam dem Kommissar bekannt vor, „hier spricht jemand, der einen Auftrag für Sie erfüllt hat, eine Dame zu suchen." „Welche

Dame?", der Kommissar wollte ganz sicher gehen. „Die Dame, nach der Sie in Sprakel gesucht haben." „Ach die Dame „Lola", wo ist sie?" „Ich habe sie bei mir. Wo wollen Sie mit ihr sprechen." „Hier auf dem Präsidium, wo sonst." Stille. „Sie wissen was geschehen kann, wenn Sie sich nicht weitestgehend kooperativ zeigen ....?", drohte der Kommissar. „Ich weiß, aber die Dame möchte nicht zur Polizei ins Präsidium." „Ach was, Sie wollen nicht über die Schwelle der Tür. Bringen Sie Frau „Lola" zum Präsidium und lassen Sie Ihre „Mitarbeiterin" davor aussteigen." Die Stimme war plötzlich weg und nur noch als undeutliches Flüstern zu vernehmen. Dann kam sie wieder deutlich durch den Hörer: „Gut, so machen wir es, sie wird innerhalb der nächsten halben Stunde kommen." „In Ordnung, es wird keine Beobachtung des Eingangs geben", versprach der Kommissar. Nach diesen Worte legte sein Gegenüber den Hörer ein und die Leitung war unterbrochen. Sofort nahm er das Telefon zur Hand und wählte eine Nummer: „Ist Kollegin Dierkes da? Ja, dann geben Sie sie mir", etwas mußte er warten bis die Erwünschte den Hörer annahm. „Frau Kollegin, wir treffen uns in 5 Minuten in der Eingangshalle vom Präsidium, in fünf Minuten!" Der Kommissar saß bereits in einem Sessel der Sitzgruppe im Eingangsbereich des Präsidiums. Die Sessel hatten schon bessere Zeiten gesehen und schienen hier nur noch ein Dasein im Wartestand zu fristen, bis sie auf einem Sperrmülltransport der Entsorgung entgegen fahren durften. „Herr Kommissar, was ist denn so eilig?", fragte seine Kollegin als sie die Sitzgruppe erreichte. „Wir bekommen gleich Besuch, Frau Dierkes." „So viel Aufwand für einen Laborbericht? Oder .. äh .. hm, nein. Wer ist denn der Glückliche, das Sie ein Empfangskomitee hier einrichten?" „Entweder kommt gleich eine Zeugin oder eine Verdächtige, was genau, weiß ich nicht." „Und wer genau?" „Die Dame „Lola", ihr Arbeitgeber wird sie hier abliefern." „Dann brauchen wird doch keinen Empfang hier, er kann sie doch in Ihr Büro bringen." „Die Dame kommt allein, ohne Herrenbegleitung." „Und wofür bin ich hier?" „Sie werden mit mir die Dame empfangen und dann mit ihr zum Amtsarzt gehen, der soll sie untersuchen, insbesondere auf Spuren von Gewaltanwendung." „Glauben Sie, dass ihr Zuhälter sie geschlagen hat?" „Wenn er das gemacht hat, dann wird ihm dieser Freundschaftsdienst nicht viel helfen. Der Arzt soll das feststellen! Ich habe schon mit ihm telefoniert." Gemeinsam warteten die beiden Polizisten einige Zeit, ohne das sich wesentliches tat. Kollegen gingen ein und aus, sahen die beiden Beamten dort sitzen und machten dazu ein komisches Gesicht. Einige grüßten neutral, andere lächelten merkwürdig und einzelne konnten einen Kommentar nicht zurück halten. Dann wurde die Tür geöffnet und eine Frau trat ein, die eindeutig nicht zur Polizei gehörte. Sie ging zum Fenster, hinter dem Pförtner Blümcke seinen Dienst versah. Bevor sie ihn ansprechen konnte, fragte schon eine Stimme hinter ihr: „Frau Meier? Frau Renate Meier?" „Ja, sind Sie der Kommissar, der mich sprechen will?" „Genau, mein Name ist Schimpanski und das ist Kommissaranwärterin Dierkes." „So hat mich lange niemand mehr angesprochen, „Frau Meier". Alle nennen mich nur „Lola"." „Ja, ich bin noch von der alten Schule. Aber jetzt mal ganz konkret. Sie werden jetzt mit meiner Kollegin zum Amtsarzt gehen, der wird Sie kurz untersuchen und dann werden wir es uns in meinem Büro gemütlich machen, zu Dritt." Bei diesen Worten hatte die Polizistin ihren Arm um den linken der Prostituierten gelegt und sie weiter in das Präsidium geschoben. „So, jetzt werden wir zum Arzt gehen und anschließend zum Kommissar." „Aber warum denn diese Untersuchung." „Ach, das ist nur Routine, hat nichts mit dem Fall zu tun. Sind halt Vorschriften."

„Zuerst mal die einfachsten Fragen, Frau Meier. Ihr Name ist Renate Meier, geboren am 27. Juli 1972 in Hamm?" „Ja, das stimmt so." „Ihre Wohnadresse ist an Ihrem Arbeitsplatz in Sprakel?" „Ja!" „Haben Sie noch einen weiteren Wohnort?" „Nein, manchmal fahre ich zu meiner Mutter nach Hamm." „Waren Sie dort auch in den letzten Tagen?" „Wo denken Sie hin? Nein!" „Wo denn sonst?" „Was tut das zur Sache? Ich war bei einer Freundin." „Na gut, dann wollen wir uns mit dem eigentlichen Fall beschäftigen, dem Mord an Professor Neuhaus." „Damit habe ich nichts zu tun! Das müssen Sie mir glauben!" Der Kommissar merkte die Betroffenheit, die noch immer die Frau überfiel, wenn sie an seinen Tod dachte. „Dann wollen wir zuerst mal den Ablauf ihrer Anwesenheit im Fürstenberghaus klarstellen. Wann sind Sie zum Büro des Herrn Professors gegangen?" „So genau weiß ich das nicht, vielleicht um Viertel vor 1." „12.45 Uhr. Und was geschah dann?" „Ja, äh, ich hatte mich so gekleidet wie sich die Studentinnen heute auch anziehen, damit ich nicht auffalle. So bin ich zu seinem Büro gegangen." „Und dann öffneten Sie die Tür ..." „ und da lag er auf seinem Schreibtisch. So, als würde er schlafen, das dachte ich auch und ging bis zum Tisch, doch dann sah ich die Augen, tote Augen", ein Weinkrampf beendete die Worte. Die Kommissaranwärterin stellte ein Glas Wasser auf den Tisch und gab ihr einige Papierhandtücher gegen die Tränen. Nach zwei, drei Minuten sprach sie weiter." Da bekam ich es mit der Angst. Ein Toter und ich im Zimmer, da bin ich zur Tür zurück und habe sie geschlossen. Dann bin ich irgendwie die Treppe hinunter, niemand kam mir entgegen. Erst an der Tür zur großen Halle, da kamen mir einige Studenten entgegen. Aber so genau weiß ich das auch nicht. Ich bin dann schnell zur Aa hinunter, zum Rosenplatz und von dort mit einem Taxi nach Sprakel." „Dort haben Sie dann einige Sachen zusammen gerafft und sind zurück in die Stadt?" „Und zu meiner Freundin." „Was wollten Sie denn beim Professor?" „Ihn zur Rede stellen. Er sollte endlich sagen, ob er es auch ernst meinte." „Womit ernst meinte?" „Damit, mich zu heiraten. Wissen Sie, in meinem Alter kann man das Ende seiner Arbeit sehen. Da muss man sich umorientieren." „Und in diese Situation kam der Professor?" „Ja." „Seit wann ging denn das mit Ihnen?" „Das erste Mal kam er im Januar in den Club in Sprakel. Dorthin kam er dann immer öfter, zuerst einmal die Woche später ein zweites Mal." „Gab es auch Treffen an anderen Orten?" „Ja, so vor zwei Monaten, das erste Mal in Aachen, auf ein Wochenende, der hatte da einen Kongress wegen seiner Arbeit. Ich war dann in einem anderen Hotel und wir trafen uns dort." „Gab es diese Ausflüge noch öfter?" „Ja, vor kurzem nach Hamburg, auch ein Kongress von ihm. Aber in Aachen hatte er von Scheidung und einer Hochzeit mit mir gesprochen. Er hat das dann immer wieder verschoben." „Was hatte er verschoben?" „Das Gespräch mit seiner Frau, er wollte ihr das doch sagen, das mit der Scheidung." „Und, das hat er nicht gemacht und deshalb wollten Sie ihn zur Rede stellen?" „Ja, und dann liegt er da auf seinem Tisch im Büro und ist tot." „Sie hätten ihn auch töten können, Sie stellen ihn zur Rede, er lehnt die Hochzeit ab und Sie schlagen in Ihrer Wut zu!", insistierte der Kommissar. „Nein, so war das nicht. Ich bring doch nicht meinen Geliebten um. Wo denken Sie hin?" „Warum denn nicht, wenn er Sie nicht heiraten will?" „Was glauben Sie denn. Da habe ich aber andere, wirksamere Mittel, einen Mann zu beeinflussen, als ihn zu erschlagen, Herr Kommissar", entgegnete „Lola". „Das glaube ich Ihnen, Frau Meier." „Aber wer könnte es gemacht haben? Hat er mit Ihnen über seine Arbeit und mögliche Feinde geredet?" „Nee, nur sehr wenig. Da war ein Student, der ihn wohl bedrohte. Und sein Vertreter als Leiter der Universitätsabteilung war ihm auch nicht ganz koscher. Aber so richtige Feinde auf den Tod? Nee, da kann ich nichts zu sagen." „Hat er etwas über seine Arbeit erzählt. Gab es Projekte, an denen er arbeitete?" „Nee, davon sprach er wenig, er sagte mal, dass er an etwas säße, wenn er das herausgeben würde, dann würde das einschlagen wie eine Bombe." „Aber was das genau war, das hat er Ihnen nicht gesagt?" „Nee, sagte ich doch schon. Für seine Arbeit hatte er seine Studenten und Kollegen. Ich war mehr für die Entspannung da und für die schönen Stunden des Lebens. Der Arme", wieder überfiel die Frau ein Weinkrampf beim Gedanken an den Ermordeten.

---

5. Tag   3. Kapitel
Tödlicher Sinneswandel

Der Kommissar saß an seinem Schreibtisch im Polizeipräsidium. Etwas gelangweilt schaute er aus dem Fenster, auf den Hinterhof mit den Dienstfahrzeugen. Einige spannende und ereignisreiche Tage lagen hinter ihm. Die Zukunft sah auch eher unspektakulär aus. Was sollte auch nach einer solchen Mordermittlung noch kommen? Wieder eine Beleidigungsklage, ein Diebstahl oder etwas ähnlich aufregendes wie ein Gartenzaunkrieg? Alles nichts gegen diesen Fall, der ihn in die Niederungen der wissenschaftlichen Auseinandersetzungen, hinter die gutbürgerliche Fassade münsteraner Familien und die Gefahren einer falschen Liebe blicken ließen. Aus diesen Gedanken wurde er durch lautes Klopfen an seine Bürotür heraus geholt. Nach seinem lauten „Herein" öffnete Kommissaranwärterin Dierkes die Tür und führte am polizeilichen „Ehering" Doktor Heribert Temming in das Zimmer. Dieser schaute mit bösem Blick den Kommissar an und begann sofort mit einer Erklärung: „Herr Kommissar Schimansky, ich erhebe schärfsten Widerspruch gegen diese Behandlung durch Ihre Mitarbeiter." „Schimpanski, Herr Doktor Temming!", unterbrach der Kommissar den Akademiker. „Auch ein Oberkommissar Schimpanski wird der Antwort meines Rechtsanwaltes auf dieses Verhalten nicht entgehen. Ich wünsche umgehend mit meinem Rechtsanwalt sprechen." „Alles zu seiner Zeit. Zunächst habe ich Sie als Zeugen hierher holen lassen. Sollte aus diesem Gespräch hervor gehen, dass ich, beziehungsweise der Herr Staatsanwalt, Sie unter Anklage stellt, dann werden Sie umgehend den Anwalt anrufen können." „Als Zeuge abgeholt? Mit einem Dienstwagen der Verkehrspolizei in weiß und grün? Das kann wohl nicht der Fall sein. Zudem noch mit Handschellen gebunden? Begrüßt Münsters Polizei so ihre Zeugen?" „Ich habe dies zu meiner Sicherheit getan", erklärte Kommissaranwärterin Dierkes dem Kommissar „Der Zeuge war wenig kooperativ bei der Fahrt und ich fürchtete gefährliche Reaktionen durch ihn beim Gang in das Präsidium." „Dann nehmen Sie ihm schon die Handschellen ab. Ich möchte nicht, dass Doktor Temming hier schlecht behandelt wird", befahl der Kommissar. Nachdem der Zeuge ohne Metallringe war, bot ihm der Kommissar einen Sessel in der Sitzecke seines Büros an. „Wie in einem guten Managerbüro, eine Sitzecke mit Sesseln und Tisch neben dem Schreibtisch", bemerkte Doktor Temming schon etwas gelöster. „Dann brauchen wir Getränke. Besorgen Sie etwas für uns, Kollegin Dierkes und kommen Sie dann schnell zurück. Tee oder Kaffee?", fragte er in Richtung Doktor Temming. „Tee, wegen der Gesundheit einen Früchtetee, sofern es geht." „Mal schauen, was der Teebeutelvorrat her gibt", erwiderte die Polizistin. „Und was macht die wissenschaftliche Arbeit? Wie ich gesehen habe, führen Sie jetzt die Vorlesungen des Herrn Professor Neuhaus weiter. Geht das denn so einfach?", versuchte der Kommissar auf ein unverdächtiges Thema zu lenken. „Ja, das stimmt, ich führe die Vorlesungen von Herrn Professor Doktor Neuhaus weiter. Wegen der Plötzlichkeit der Ereignisse ist es anders nicht möglich. Aber es macht mir auch keine großen Schwierigkeiten, da ich viele der Texte des Herrn Professors kenne und in meinen Seminaren benutze." „Kann es denn so einfach gehen, ein Doktor übernimmt die Vorlesungen eines Professors?" „Es ist keine so außergewöhnliche Situation. Bei krankheitsbedingten

Ausfällen des Herrn Professors habe ich auch schon seine Vorlesung gehalten. Ich besitze somit die größten Erfahrungen. Deshalb hat mir auch der Dekan diese Aufgabe übertragen." „Gehe ich recht in der Annahme, dass Sie als Nachfolger für den Herrn Professor vorgesehen waren, Herr Doktor Temming?" „So kann man das nicht sagen. Ich habe seit Jahren mit dem Herrn Professor im Institut für Frühmittelalter zusammen gearbeitet. Natürlich werde ich in den Kreis der Aspiranten für die Stelle aufgenommen. Jedoch gibt es an anderen Universitäten Fachkräfte, die für diese Stelle auch geeignet wären, ich hatte Ihnen davon schon erzählt." „Aber man zählt Sie zu diesen Kandidaten?" „Ja, dass schon, sofern die Ihnen genannten Koryphäen dem Ruf nicht folgen sollten. Aber halt, Herr Kommissar, deshalb begehe ich keinen Mord. Zudem war ich nicht am Ort dieser grausamen Tat." „Genau, wegen dieser Angelegenheit, Ihre Abwesenheit in der fraglichen Zeit am Tatort, deswegen habe ich Sie als Zeugen kommen lassen." In diesem Augenblick wurde die Bürotür geöffnet und Kommissaranwärterin Dierkes trug ein Tablett mit mehreren Tassen und zwei Kannen herein. „Ich habe eine Kanne mit Früchtetee und eine Kanne Kaffee dabei." „Sehr schön, das genau Richtige für mich", freute sich der Kommissar, während Doktor Temming nur verwundert fragte: „Gleich ganze Kannen voller Getränke? Wie lange soll denn die Befragung dauern?" „Ach, machen Sie sich keine Gedanken darüber. Wir sind gern auf alles vorbereitet. Wenn es kürzer dauert, wird der Rest eben weg geschüttet", erklärte der Kommissar beruhigend. Nachdem die Tassen verteilt, der Kaffee beim Kommissar und der Tee in Doktor Temmings Tasse dampfte, setzte sich die Polizistin an den Tisch. „Ah, da habe ich noch etwas", erinnerte sich im Aufspringen der Kommissar, ging zu einem Schrank und holte eine Packung Plätzchen heraus. Aufgerissen und als Unterlage dienend, legte er die Verpackung mitten auf den Tisch, damit sich jeder etwas nehmen konnte. „So, damit alles seine Richtigkeit hat, nehmen wir dieses Gespräch mit diesem Diktiergerät auf. Unser kleiner Plausch kann dadurch einfach abgetippt und zu den Akten gegeben werden." Damit stellte er das Gerät auf den Tisch, neben die Plätzchenpackung. „Was ist denn jetzt mit der Befragung als Zeuge", wünschte Doktor Temming zu erfahren. „Dazu kommen wir noch. Zuvor möchte ich Sie über die Ergebnisse unserer Nachforschungen unterrichten. Ich denke, dass Sie als enger Mitarbeiter des Herrn Professors dies als erster wissen sollten." „Ich bitte darum. Nur die Form meiner Einladung hätte positiver sein können." „Entschuldigen Sie, wir arbeiten daran. Aber jetzt zum eigentlichen Thema. Wie Sie mir gesagt hatten, ist die Sekretärin vom verstorbenen Professor Neuhaus eine sehr genaue Person." „Das stimmt." „Sie ist sogar so korrekt, dass sie bei Aufträgen lieber drei mal nachfragt als etwas falsch zu machen." „Ja." „Sie erscheint morgens immer pünktlich zum Dienst und hält die Pausen auf das Genaueste ein." „Ja, und das seit Jahren." „Gut Doktor Temming. Wir haben die Verdächtige, die Person, mit der Professor Neuhaus regelmäßig seine Freizeit verbrachte, ausfindig gemacht." „Davon weiß ich nichts, von der Freizeitgestaltung des Herrn Professor. Er hat darüber nichts gesagt. Aber, dann haben Sie ja die Mörderin gefunden?" „Na, so weit sind wir noch nicht. Aber gefunden haben wir sie und auch verhört." „Hat sie die Tat gestanden?" „Vieles hat sie gestanden. Sie hat gestanden, dass sie in der fraglichen Zeit im Institut war." „Na also, diese Mörderin!" „Sie hat sogar gestanden, im Büro des Professors gewesen zu sein, an diesem Tag, in der fraglichen Stunde" „Also, das freut mich. Sehr gute Arbeit. Aber was soll ich dazu noch sagen? Ich war nicht im Institut." „Wir haben von der Geliebten des Herrn Professor vieles erfahren, wie ich schon sagte. Nur eines haben wir nicht erhalten ..." Der Kommissar schaute den Akademiker genau an. Dieser fühlte sich plötzlich weniger sicher als noch einige Sätze zuvor. „Was denn nicht?" „Ein Geständnis haben wir nicht von der Dame erhalten!" „Das ist doch kein Problem für einen Polizisten wie Sie, Herr Oberkommissar Schimpanski", lobte der Doktor. „Aber genau hier haben wir unser Problem, die Dame zu überführen." „Warum denn das, die lebt in schummerigen Verhältnissen. Wer weiss, welche Dunkelmänner hinter ihr stehen und sich auf gutes Geld des Herrn Professors freuten. Da müssen Sie mal stärker nachbohren, dann kommt schon noch etwas!" „Das tat ich schon. Folgendes habe ich heraus gefunden. Die Dame hat zugegeben im Büro des Herrn Professors zum fraglichen Zeitpunkt gewesen zu sein." „Das sagten Sie schon." „Sie war aber nicht am Schreibtisch und an den Schränken des Herrn Professors." „Woher wissen Sie das denn?" „Wir haben die Fingerabdrücke der Frau auf dem Türgriff vom Büro des Professors gefunden. Nicht aber am

Schreibtisch und an anderen Schränken." „Was soll das denn bedeuten? Das sagt doch nur aus, dass sie dort die Abdrücke verwischt hat." „... und am Türgriff nicht? Das ist aber wenig durchdacht für eine Mörderin. Oder sind Sie anderer Meinung?" „Schon, aber wie soll man in die Gedankenwelt einer solchen Frau hinein schauen?" „Durch weitere Zeugen. Und hier kommt unsere allseits bekannte Frau Eleonore Dieckmann ins Spiel." „Und in welcher Funktion?" „Wie Sie selber berichteten, ist Sie eine sehr genaue Frau. Sie verließ nach dem Gespräch mit dem Herrn Professor das Büro und machte Mittag." „Wie sie es jeden Tag macht." „Was Sie seit Jahren genau wissen, Herr Doktor Temming. Und genau zum Zeitpunkt der Rückkehr vom Mittag wurde Frau Dieckmann von einer Studentin beim Betreten des Instituts angerempelt." „Und was besagt das?" „Sehr viel, denn diese Studentin war niemand anderes als die schon erwähnte „Lola". Dies hat sie zugegeben." „Na, dann wissen wir ja jetzt, dass sie es doch gewesen ist", bemerkte Doktor Temming, dem die Sache doch langsam unangenehm wurde und sich am Hemdkragen den Knopf öffnete. „So weit kann ich nicht gehen, denn eine kalte Mörderin würde sich nicht so auffällig verhalten. Sie wäre ohne große Probleme aus dem Institut als Studentin heraus gekommen, wenn sie ruhig ihren Weg genommen hätte. Aber in ihrer Aufregung nach dem Auffinden des ermordeten Professor Neuhaus lief sie ohne nachzudenken durch das Gebäude und auf den Domplatz. Dabei rempelte sie Frau Dieckmann an." „Oder sie hat die Tat und ihre Folgen erst nachher erkannt und wurde kopflos." „Hat aber zuvor den Laptop des Professors und seine Disketten eingesteckt und die Fingerabdrücke abgewischt?" „Hm, da ist was dran. Aber sie kann sich auch verstellt haben." „Stimmt, das wäre auch möglich. Aber es gäbe noch eine andere Möglichkeit, Herr Doktor" „Sie machen mich neugierig, Herr Kommissar." „Vor dem Besuch der Dame kam der Mörder von Professor Neuhaus und vollbrachte sein Werk. Die liebe „Lola" fand dann nur noch das Angerichtete vor und verließ fluchtartig das Haus." „Schön, und wer soll dann der Mörder bzw. die Mörderin sein? Vielleicht die übertölpelte Ehefrau?" „Nein, ich denke nicht mehr an eine Beziehungstat aus Liebe. Auch wenn es ein häufiges Mordmotiv ist, in diesem Fall kann ich es ausschließen." „Und was sollte es dann gewesen sein? Raubmord? Es fehlen doch auch Geld und Wertgegenstände." „Eine gute Idee. Auch dies habe ich durchdacht. Und sie ist nicht schlecht. Eine Universität hat etwas anonymes. Da kann ein Räuber gut hinein und mit wenig Aufwand die Büros öffnen." „Genau, irgendwelche osteuropäischen Räuber oder von sonst wo her. Der Professor ertappt sie auf frischer Tat in seinem Büro und schwubbs gibt's etwas auf den Kopf. Eine grausame Vorstellung." Der Kommissar war bei diesen Worten aufgestanden, an seinen Tisch getreten und hatte einen Stapel Papier in die Hand genommen. „Kennen Sie diesen Text?", fragte der Kommissar und legte ihn vor Doktor Temming auf den Tisch. Der nahm das Titelblatt in die Hand, warf einen Blick darauf und sagte: „Natürlich nicht. Geschriebenes von diesem Herrn brauche ich nicht zu kennen. Es ist alles falsch, was darin geschrieben steht."

„Über den Inhalt dieses Textes will ich gar nicht mit Ihnen streiten. Ich habe erfahren, wie im Institut über Doktor Willing gedacht wird. Aber auch, wie mit Studenten verfahren wird, die dessen Überlegungen in ihre Arbeiten einfließen lassen. Das tut nichts zur Sache." „Da bin ich aber beruhigt." „Was glauben Sie, wo wir diesen Vorabdruck des Buches gefunden haben?" „Wie kann ich das wissen?" „Im Büro von Professor Neuhaus!" „Was wollte er denn damit? Vielleicht schrieb er an einer Gegenexpertise für den Verlag. Genau, das wird es gewesen sein." „Das kann durchaus sein. Aber das interessiert mich auch nicht. Für mich war etwas Anderes viel interessanter." „Machen Sie es nicht so spannend, Herr Kommissar." „Herr Professor Neuhaus war doch etwas konservativ. Er schrieb seine Termine in einen Kalender. Er machte sich Notizen auf Schmierzetteln und heftete sie an eine Pinntafel." „Das stimmt. Ich habe dafür meinen kleinen Mobilcomputer. Aber worauf wollen Sie hinaus." „Wer Notizen auf Zetteln macht, nutzt gerne irgend etwas als Unterlage zum Schreiben. Einen Briefblock oder etwas Anderes." „Stimmt, der Professor nutzte dazu vieles, manchmal, zur Freude des Bibliothekars, auch ausgeliehene Bücher, denn die Folgen waren auf den Seiten zu sehen, wenn dann blaue Linien den Text farbig unterbrachen." „Danke für die Bestätigung dieses Sachverhalts. Ich hatte mir diese Seiten nach Hause mitgenommen, um darin zu schmökern. Für mich ein wenig spannender Text, gut zum Einschlafen. Gestern, kam ich dazu." „Schön, wissen Sie jetzt, was für ein Mist dort geschrieben steht." „Das ist nicht mein Thema. An dem Morgen seiner Ermordung las der Professor in diesen Seiten, das habe ich festgestellt." „Wie denn das?" „Durch seine Notizen. Der Professor hat für seine Notizen dieses Manuskript als Unterlage genutzt. Und diese Notizen haben sich in das Papier durchgedrückt." „Herzlichen Glückwunsch. Und was hat das mit mir zu tun?" „Danke. Auf Seite 211 habe ich folgenden Text gefunden: „Anruf Temming, kommt im Mittag, gegen 12.30 Uhr, will mich wohl umstimmen, der Dummkopf." „Auf Seite 204 steht: „„Lola"-Anruf, will mich sprechen, läßt sich nicht abwimmeln, wird gegen 13.00 Uhr kommen, als Studentin gekleidet" „Was sagt das denn aus? Gar nichts." „Oh, doch Herr Doktor." „Und was bitte? Ich war doch gar nicht im Haus. Das hatte ich Ihnen doch schon gesagt. Es muss in dieser Zeit jemand anders im Institut gewesen sein, der die Tat vollzogen hat." „Oh ja, der große Unbekannte. Wie oft habe ich diese Geschichte gehört. Sie haben von einer Telefonzelle aus den Professor angerufen und ihn um den Termin im Mittag gebeten. In der Mittagspause, dann wenn die Sekretärin nicht da ist. Worüber haben Sie mit dem Professor gesprochen? Worum ging es dabei? Was soll das heißen: „Will mich wohl umstimmen"?" „Ich weiß nicht was Sie wollen. Ich war nicht da!" „Warum haben Sie ihn denn angerufen und ihn treffen wollen, wenn sie nicht auch dort waren?" „Ich konnte nicht hinfahren, weil mir etwas dazwischen gekommen war." „Neben dem großen Unbekannten auch noch die unverhoffte Behinderung. Wer soll Ihnen das denn noch glauben, Herr Doktor Temming", der Kommissar wurde langsam ungeduldig. „Ich habe sogar versucht, den Professor noch zu erreichen, um ihn von meiner Unpässlichkeit zu informieren. Aber ich habe ihn nicht erreicht." „Aha, also noch ein Anruf? Hier sind die Aufstellungen der Anrufe auf dem Institutsapparat und auf dem Handy des Professors. Der Anruf aus der Telefonzelle auf dem Institutsapparat war der Vorletzte. Auf dem Handy wurde kein Anruf in dieser Zeit registriert. Sie scheinen mit einem Phantom telefoniert zu haben." „Seit wann werden denn Anrufe ohne Verbindung aufgezeichnet?" „Oh, Herr Doktor Temming, glauben sie nicht, die Telekom sei dazu nicht in der Lage. Sie erscheinen nicht auf der Rechnung, aber im Computer der Telekom." „Ach was, ich war nicht im Büro des Herrn Professors in der fraglichen Zeit. Ich habe mit dem Mord nichts zu tun." „Die nächste Frage, nachdem ich erfahren hatte, das Sie der letzte gewesen sind, der den Professor lebend gesehen hatte, war die nach dem Weg hier ins Institut hinein. Wie haben Sie das angestellt?" „Ich bin ganz Ohr." „Der Notausgang. Sie haben die rückwärtige Treppe und den Notausgang für den Weg zum Professor genommen. Dazu habe ich vom Spurendienst den Weg untersuchen lassen. Wir haben einen Schuhsohlenabdruck an besagter Tür gefunden." „Eine Schuhsohle, das ist natürlich ein schlagender Beweis." „Er paßt mit Ihren Schuhen von der Größe her überein." „Na, dann bin ich wohl überführt?" „Die Ablaufform ihrer Schuhsohlen ist identisch mit denen des Schuhabdrucks." „Und das ist vergleichbar mit denen von tausend anderen Schuhen, Herr Kommissar." „Das mag sein, aber zusammen mit den Notizen des Professors, der Terminangabe im Mittag und den Telefonaten ergibt sich eine ziemlich glaubwürdige und belastbare Indizienkette." „Nach dieser Geschichte möchte ich meinen Rechtsanwalt sprechen." „Das bleibt Ihnen unbenommen, denn der Staatsanwalt wird gegen Sie Anklage wegen heimtückischen Mordes einreichen. Und er ist sich sicher, Sie dafür hinter Gitter zu bekommen. Deshalb wird derzeit Ihre Wohnung und Ihr Büro durchsucht und die Kollegin Dierkes wird Sie jetzt in das Untersuchungsgefängnis bringen."

---

5. Tag   *4. Kapitel*

Wirkungsfolge

Drei Stunden später erschien erneut Doktor Temming im Zimmer von Oberkommissar Schimpanski. Ihn begleitete neben einem Polizisten sein Rechtsanwalt Doktor Droste-Fischring. „Sehr geehrter Herr Kommissar, mein Mandant möchte eine Aussage machen." „So, möchte Ihr Mandant das? Dann muss ich aber einen Staatsanwalt holen lassen." „Machen Sie das, wir warten gerne." Nachdem Staatsanwalt Schulze-Binder und Kommissaranwärterin Dierkes eingetroffen waren, war im Zimmer des Kommissars jeder Stuhl und Sessel belegt. „Herr Rechtsanwalt Doktor Droste-Fischring, Sie wollten uns hier sprechen. Was ist der Grund für dieses schnelle Verlangen?", eröffnete Staatsanwalt Schulze-Binder den offiziellen Teil des Gesprächs. „Ja, das stimmt. Ich habe meinem Mandanten die Sachlage erklärt und er hat darauf hin gebeten, sein Gewissen gegenüber der Justiz zu erleichtern." „Nicht gar so pathetisch, lieber Kollege. Für Beichten ist die Kirche zuständig. Wir hier sind nur für Geständnisse zuständig. Ihr Mandant möchte ein Geständnis abliefern?", erwiderte der Staatsanwalt. „Nein, so ist das nicht. Mein Mandant will erklären, wie es zum Tod des ehrenwerten Professor Neuhaus gekommen ist. Aber eines vorweg, von einem Mord im juristischen Sinn kann hier nicht die Rede sein. Ich werde vor Gericht für einen Totschlag im Affekt plädieren." „Danke Herr Doktor Droste-Fischring, aber lassen Sie doch jetzt Ihren Mandanten sprechen. Wir sind alle ganz gespannt auf seine Darstellung." Doktor Temming sah in die Runde der ihn erwartungsvoll anblickenden Augenpaare, nahm einen Schluck Wasser aus dem ihm angebotenen Glas und begann seine Darstellung der Ereignisse im Büro von Professor Neuhaus. „Ja, äh hm, es stimmt, ich habe den Professor Neuhaus getötet, am vergangenen Mittwoch. Aber es war kein Mord, das müssen Sie mir glauben, es war kein Mord ...", dem Redner versagte die Stimme. Er griff zum Wasserglas und nahm nochmals einen großen Schluck. „Gut, das hätten wir, aber wir wissen nicht, warum Sie den Professor getötet haben?", fragte der Staatsanwalt. Temming schaute ihn an und begann zu lachen. „Warum? Weil er mein Leben zerstören wollte!" Kommissar, Staatsanwalt und Polizisten schauten sich gegenseitig an. „Er wollte Sie nicht zu seinem Nachfolger im Institut vorschlagen? Das ist doch kein Grund für ein Tötungsdelikt!", kommentierte der Staatsanwalt die Äußerung. Doktor Temming machte eine wegwerfende Handbewegung und schaute in Gedanken in sein Wasserglas. Nach einer Minute schaute er wieder auf, zum Kommissar hinüber und lächelte: „Sie haben doch diese Notiz gefunden, ich Idiot, ohne die wären Sie nie auf mich gekommen." „Die Notiz im Buchausdruck von Herrn Willling meint er", erklärte der Kommissar und griff in seine Unterlagen. Nachdem er sie gefunden hatte, las er laut vor: „Anruf Temming, kommt im Mittag, gegen 12.30 Uhr, will mich wohl umstimmen, der Dummkopf." „Genau, die Notiz." „Und was soll damit sein? Wollten Sie ihn umstimmen, Sie doch noch vorzuschlagen? Und das hat er nicht gemacht? Dafür mußte er sterben?" „Quatsch, es ist viel schlimmer, sehr viel schlimmer." „Was kann denn schlimmer sein, als eine erwartete Stellung nicht zu erhalten?", wollte der Staatsanwalt wissen. „Was? Wenn sie ihre akademischen Titel verlieren. Wenn ihre akademische Arbeit nichts mehr wert ist. Wenn alle lachen über die geleistete Arbeit. Das ist schlimmer als dieser Posten in diesem miefigen Institut unter einem größenwahnsinnigen Chef." „Also, jetzt wird es wirklich interessant. Haben Sie ihren Abschluss, Ihre Promotion und andere Urkunden etwa nicht auf ordentlichem Weg erhalten? Haben Sie sich diese Papiere erschlichen? Wohl möglich an einer osteuropäischen Uni dafür bezahlt?", fuhr der Kommissar Temming mit Unterstellungen an. „Ach was, natürlich habe ich meinen Doktor-Titel auf reellem Wege erhalten. An der LMU München mit einer Arbeit über die Beziehungen zwischen Karl dem Großen und seinen Söhnen. Da ist nicht dran zu rütteln." „Ja, jetzt reden Sie endlich und lassen sich nicht alles aus der Nase ziehen! Sie können doch in der Vorlesung reden wie ein Wasserfall, nur scheint das hier trotz Wasserglas versiegt zu sein." „Schöner kleiner Witz, Herr Staatsanwalt, ich komme schon zum Kern." „Sehr geehrte Herren, ich möchte Sie bitten, meinen Mandanten nicht so stark unter Druck zu setzen. Immerhin arbeitete er über 10 Jahre mit dem Herrn Professor zusammen." „Ja, gut, ich werde mich zurück halten, aber dann muss Doktor Temming auch kooperativ sein und seine Darstellung des Ablaufs im Büro von Professor Neuhaus erzählen." „Ja, das werde ich auch. Ich bin gegen 12.25 Uhr in das Fürstenberghaus am Domplatz gegangen. In der Mittagspause war das Haus ziemlich leer, die Studenten nutzten das Sonnenwetter und lagen auf den Wiesen im Hof und an der Aa. Deshalb hat mich niemand gesehen. Gekommen bin ich vom Domplatz und durch den Seiteneingang im Keller, von den Theologen her in das Treppenhaus. Ich ging bis in das oberste Geschoß, von dort in das südliche Treppenhaus und von dort in das zweite Stockwerk." „Warum denn dieser Umweg?" „Ich weiß auch nicht. Ich war sehr unsicher, nervös und dieser Weg beruhigte mich. Ich kam ohne gesehen worden zu sein bis vor das Büro von Professor Neuhaus." „Eine gute Voraussetzung für Ihre Tat", fiel der Staatsanwalt dem Verhörten ins Wort. „Bitte, Herr Staatsanwalt", mischte sich sofort Rechtsanwalt Droste-Fischring ein, „erzählen Sie weiter Herr Doktor." „Der Professor begrüßte mich sehr freundlich. Er war irgendwie aufgedreht. So als erwarte er etwas Positives oder hätte solches kurz zuvor erhalten. Ich sprach ihn auf seine Absichten mit dem Buch an. Der Professor winkte laut lachend ab. „Lass es gut sein, auch Du wirst mich davon nicht mehr abbringen. Wenn ich es nicht mache, wird es ein anderer in einigen Jahren machen. Aber diesen Verdienst werde ich mir an die Brust heften, lieber Temming" Ich habe ihm zu bedenken gegeben, welche Auswirkungen seine Arbeit haben werde. Er, der hoch dekorierte Wissenschaftler, die Kompetenz in Fragen des Frühmittelalters. Er werde mit seinem Buch diese Lebensleistung weg werfen. Er werde seine Freunde verlieren, seine Mitarbeiter und seine Studenten in ein tiefes Loch werfen. Das könne er nicht machen." „Worum geht es denn hier überhaupt?" Ohne die Frage zu beachten, fuhr Doktor Temming weiter: „Er hörte gar nicht richtig zu. Lachte laut auf: „Ha, was für schöne Worte, aber es steht für mich fest. Das Buch ist fast fertig. Es wird in einigen Wochen an den Verlag gehen und in drei Monaten, zum Weihnachtsgeschäft, kommt dann der große Knall." Ich war verzweifelt, aber er sprach ungerührt weiter. „Lieber Temming, ich fühle mich wie damals, als ich mit frischem Doktorhut hier anfing. Voller Elan und Schaffensdurst. Mal wieder etwas ganz Neues machen." Mir wurde der Professor immer unverständlicher. Seit einem Dreivierteljahr war er so komisch. So dynamisch und aufgedreht. Er hatte das Buch in der kurzen Zeit geschrieben." „Sie reden immer von diesem Buch, Worum handelt es sich denn, Herr Doktor Temming", fragte erneut Staatsanwalt Schulze-Binder. „Lassen Sie mich zu Ende reden. Er zeigte mir den Korrekturausdruck des Buches, ein dickes Paket, hunderte Seiten. Dabei lächelte er und summte eine Melodie. „Dies Buch wird die Mediävistik aus den Angeln heben. Danach können die ihre schönen Theoriegebäude auf den Schrott werfen. Und ich werde es vollbracht haben, niemand anders." Mir wurde schwindelig. Ich bekniete ihn und erinnerte ihn nochmals an die Folgen. Was würde aus dem Institut für Frühmittelalterforschung werden? Was aus mir und seinen Studenten, die in den Prüfungen stehen? Was mit seinen Kommilitonen, mit denen er vor 40 Jahren studiert und seine akademische Laufbahn geteilt hatte? Alle, auch Professoren an anderen deutschen Universitäten würden durch diese Arbeit leiden. Der Professor ließ diese Argumente nicht an sich heran kommen. Ihn interessierte anderes. „Der Verlag ist ganz heiß auf das Buch, obwohl er nichts von seinem Inhalt weiß!

SPIEGEL und ZEIT sind an Interviews mit mir interessiert, nur weil der Verlag eine wissenschaftliche Bombe von mir versprochen hat", sagte er und hielt dabei das Buchmanuskript fest." Doktor Temming war in Schweiß gebadet. Auch jetzt noch nahm ihn dieses Gespräch mit seinem früheren Mentor ganz gefangen. Nur den umstehenden Polizisten und Juristen wurde das ganze langsam unheimlich. „Was hat den Doktor denn so in Rage gebracht, dass er alle seine Erziehung fahren ließ und den Professor tötete?", fragte der Staatsanwalt leise Rechtsanwalt Droste-Fischring. „Lassen sie ihn noch etwas weiter reden, dann erklärt er es Ihnen." Doktor Temming hatte das letzte Wasser getrunken und sprach mit stierem Blick in das Glas weiter. „Er ließ sich von keinem meiner Argument zu einem anderen Verhalten beeinflussen. Weder die Folgen für Ihn, noch für mich, seine Mitarbeiter oder die Universität konnten ihn beeinflussen. Nicht einmal der Hinweis auf seinen Sohn, der an der LMU in München ebenfalls das Fach studiert, waren für ihn ein Grund, es noch einmal zu überdenken. Ich wußte nicht mehr ein noch aus. Nur eine Möglichkeit sah ich noch, ihn davon abzuhalten. In meiner Verzweiflung griff ich zu. Es war eines der alten Bücher aus der Bibliothek, ein ziemlich schweres Werk und sehr alt. Es lag gerade da, auf dem Tisch und ich hatte es plötzlich in meinen Händen. „Mensch Temming, was machst Du denn ...", sagte der Professor noch, dann traf ihn das Buch. Er brach sofort zusammen. Dann lag er da, nein er saß, den Kopf auf dem Schreibtisch. Da saß er und ich war plötzlich, von einem Augenblick auf den anderen, wieder völlig klar im Kopf. Ganz nüchtern erkannte ich das, was ich getan hatte. Als erstes sah ich zur Uhr. Tatsächlich, es war 12.45 Uhr. Das ganze Gespräch hatte nur 15 Minuten gedauert. In 15 Minuten würde die Dieckmann kommen, ich hatte noch Zeit." „Was machten Sie dann, Herr Doktor?", fuhr ihn Oberkommissar Schimpanski an. Ohne darauf zu achten, fuhr der Täter fort: „Ich zog mir die Bibliothekshandschuhe an, nahm das Handtuch beim Waschbecken und wischte an allen Orten meine Fingerabdrücke weg. Dann packte ich das Notbook vom Professor ein. Sammelte die Disketten zusammen, steckte sie in einen Leinenbeutel, der an einem Stuhl hing. Den Ausdruck aus seinem Computer tat ich hinzu, wie auch die Zettel, die auf seinem Tisch lagen. Ein Blick in die Schubladen, nichts gefunden." Temming schaute zu Oberkommissar Schimpanski,

„Das Manuskript vom Willing habe ich übersehen. Sonst hätten Sie mich nie bekommen!" Der Kommissar lächelte: „Danke für die Blumen, aber die Mühlen der Gerechtigkeit mahlen manchmal an den merkwürdigsten Stellen. Wie kamen Sie auf den Rückweg?" „Nachdem ich alles, was dieses Buch betraf, zusammen hatte, ging ich zur Tür, säuberte dort die Griffe und schaute vorsichtig heraus. Niemand war auf dem Flur. Da fiel mir die Feuerübung vor vier Jahren ein, der Fluchtweg durch das kleine Treppenhaus zum Hintereingang. Den Schlüssel für die Tür hatte ich immer dabei – seit der Übung. Dorther verließ ich das Haus. Über den Krummen Timpen zur Aa und von dort über die Promenade und durch Wohngebiete zurück nach Hause." „Das geht. Ein unauffälliger Mann mit Computertasche und Stoffbeutel fällt in einer Universitätsstadt nicht besonders auf. Da achtet niemand drauf", bestätigte Oberkommissar Schimpanski die Darstellung. „Ich hatte zufällig meine Sonnenbrille dabei, ein Schmuckstück aus den 80er Jahren, schön groß, so dass man das Gesicht fast nicht erkennt. Die hatte ich aufgesetzt. Das Sonnenwetter war eine gute Tarnung", bestätigte Doktor Temming die Ausführung des Kommissars. „So, jetzt kennen wir die Tat und den weiteren Hergang. Es fehlt uns aber noch ein ganz wesentliches Teil in unserem Puzzle: das Motiv! Warum haben Sie denn den Professor getötet, Herr Doktor Temming?", insistierte der Staatsanwalt. Doktor Temming schaute die Anwesenden der Reihe nach an, zuletzt Oberkommissar Schimpanski. „Sie wissen es doch. Sie haben es doch selber gelesen." „Äh, was? Da verlangen sie doch etwas zu viel von mir. Ich soll den Grund kennen?" „Ja, sie haben doch das Manuskript von diesem Willing gelesen." „Ja, und? Was hat das mit Ihrer Tat zu tun?" „Der Professor hatte sich doch das Manuskript zukommen lassen, um es für sein Buch zu benutzen." „Also, jetzt reicht´s langsam, Sie halten uns hier schon zu lange auf. Ich habe nicht den ganzen Tag Zeit", brauste Staatsanwalt Schulze-Binder auf. „Ich glaube langsam zu wissen, worum es geht", bemerkte Oberkommissar Schimpanski. „Professor Doktor Neuhaus schrieb an einem Buch, in dem er sich mit der Theorie von Doktor Willing beschäftigte. Stimmt's?" „Das wäre ja nicht so schlimm gewesen. Nein, in seinem Buch wollte er eine eigene Theorie aufstellen, die aber im Endeffekt die Überlegungen von diesem Scharlatan Willing bestätigt hätte. Das wollte der Professor." „Und was ist daran so schlimm? So schlimm, dass er dafür sterben mußte?" „Was, das erkennen Sie nicht? Morde können Sie aufklären, aber so etwas erkennen Sie nicht?" „Nein, erklären Sie es mir." „Also, der Professor Doktor Neuhaus ist eine der hervorragenden Koryphäen der Mediävistik in Deutschland und gehört zu den wichtigsten Vertretern in Europa. Wenn er eine solche Arbeit in die Öffentlichkeit gibt, dann gefährdet er die wissenschaftliche Reputation von Generationen von Wissenschaftlern." „Klären Sie mich auf", wünschte der Kommissar. Auch die anderen Anwesenden lauschten gespannt der Erklärung des Täters. „Sehen Sie, es gibt hunderte, nein, tausende von Wissenschaftlern, die über das frühe Mittelalter in Europa arbeiten. Ungezählte Abschlüsse und Promotionen beschäftigen sich mit dieser Zeit. Ganze Institute, wie dem hier an der WWU, beschäftigen sich interdisziplinär mit diesen Jahrhunderten. Jährlich finden Tagungen, Kongresse und Schulungen dazu statt. Und da kommt dieser Privatgelehrte aus seinem Turm und erklärt „Ätsch bätsch. Das hat es überhaupt nie gegeben!", Temming hatte sich wieder erregt über die Vorstellung, die hinter seiner Aussage stand. „Ganz ruhig Herr Doktor. Ich verstehe. Wenn eine Person wie der Herr Professor sich hinstellt und sagt, dass was der da sagt, Hand und Fuß hat, dann sehen Sie ganze Generationen von Wissenschaftlern diskreditiert und wissenschaftliche Arbeiten und Titel in Frage gestellt?", fragte der Kommissar. „Noch viel Schlimmer. Wie stehe ich denn da? Was ist mein Titel wert? Was der meiner Kollegen an der WWU und an anderen Universitäten? Man wird über mich lachen. Da, wieder einer, der über eine Phantasiegestalt geschrieben hat, wird man sagen. Es werden Witze gerissen und ich kann mich beim Arbeitsamt häuslich einrichten. Wer wird mir denn noch eine Stelle anbieten, einem Wissenschaftler, der auf einen Jahrhunderte alten Schwindel herein gefallen ist?" „Aber eines versteh ich nicht. Diese Überlegungen sind doch schon in der Welt. Das Manuskript, in dem ich gelesen habe, ist doch das dritte oder vierte Buch von diesem Doktor Willing." „Ach was, auf den hört doch nur eine kleine Gruppe von Jüngern, Leute, die in jeder Sache eine Verschwörung sehen. Wie nach dem 11. September in New York, da gab es doch auch so Spinner die da alles andere als muslimische Terroristen sahen. Solche Leute sind das. Die sind nicht relevant. Die haben keinen Einfluß", Doktor Temming musste husten, denn seine Stimme droht sich zu überschlagen. „Aber einer wie der Professor, wenn der schreibt und sagt, dass da was dran ist, wenn der eine eigene Theorie aufstellt und sagt, Karl der Große ist nie existent gewesen, was dann? Den kann man nicht in die Spinnerecke stecken. Erst einmal stände es wie auf Felsen gebaut, dass das frühe Mittelalter erfunden sei." „Ich verstehe langsam, was sie befürchten", meinte der Kommissar. „Wirklich?", fragte Doktor Temming. „Ich glaube es nicht. Wenn der Professor seine Arbeit veröffentlicht hätte, dann hätten sich bestimmt andere aus der wissenschaftlichen Gemeinschaft der Mediävisten gefunden, die unter diesen Umständen ihm öffentlich zugestimmt hätten. Das war die eigentliche Gefahr, das es eine Spaltung unter der Wissenschaft gegeben hätte. Ein Kampf um diese abstruse Theorie." „Mich würde aber interessieren, wodurch der Professor auf seine Idee gekommen ist. Was hat ihn dazu gebracht, sich so weit von seiner 40 Jahre alten wissenschaftlichen Basis zu entfernen?", führte der Kommissar das Gespräch weiter. „Ich weiß es nicht. Vielleicht war es im Sommer. Münster feiert doch 1200 Jahre Bischof Liudger. Viele Veranstaltungen und Feste rund um die Bistumsgründung, die Zeitungen sind doch voll davon." Der Oberkommissar erinnerte sich sehr gut. Alle Nase lang waren irgendwelche Sonderveranstaltungen am Wochenende mit den entsprechenden Folgen nach zu starkem Alkoholgenuss. Anzeigen über eingeschlagene Nasen, ramponierte Köpfe und beschädigte Autos füllten die Schreibtische seiner Kollegen. „Da lagen eines Tages irgendwelche Blätter in unsern Fächern. Ein Soziologe behauptete darauf, das Liudger nie gelebt habe. Schwachsinn hoch drei. Und zudem hat er seine Weisheiten auch noch im „Semesterfocus" vom ASTA hinaus posaunt. Ich habe das sofort in den Müll geworfen. Vielleicht war das der Auslöser beim Professor." „Wieso kommen Sie darauf?" „Ja, er war schon vorher etwas aufgedrehter als früher. So eine Art zweiter Frühling oder eine verspätete Midlife-crisis. Zumindest hat er sich die Seiten aus dem „Semesterfocus" ausgedruckt. Wenig später habe ich ihn mit dem Gilbert Rommé vom Stadtmuseum gesehen. Den hatte er auch in seinem Büro. Die haben sich da sehr intensiv unterhalten. Als ich ihn darauf ansprach hat er aber nichts gesagt. Nur, dass er sich mal mit einem aus der Archäologie unterhalten wolle, wegen des Stadtjubiläums und der vielen Ausgrabungen zuvor. Dann ist er auch nach

Essen gefahren, hat sich dort erkundigt und machte anschließend so merkwürdige Andeutungen. Das dauerte so zwei oder drei Wochen. Danach war
er dann wieder der Alte. Ich habe auch nicht mehr nachgefragt." „Sie meinen,
die Texte eines unbedeutenden Soziologen hätten ihn zu dieser Arbeit bewo-
gen? Ist das nicht etwas wenig für einen Professor?", möchte der Staatsanwalt
wissen. „Er sprach darüber nicht. Zufällig fielen mir am Kopierer einige Seiten in die Hände. Die las ich und meine Vermutungen wurden dadurch unter-
mauert. Er schrieb an einem Werk das die bisherige Mediävistik gefährdete."
„Und deshalb mußte er sterben?" „Ich habe mir lange überlegt, was so ein
Buch für die Mittelalterforschung bedeutet hätte. Ich denke, es wäre nur zu
vergleichen mit der Evolutionstheorie des Charles Darwin für die Naturwis-
senschaften." „Wenn das so ist, dann sah sich der Professor vielleicht als ein
zweiter Darwin, eine Gestalt, die die Geschichte und die Wissenschaft völlig
verändert hätte. Das wäre ein Grund für seinen Schritt. Er wollte ein Denkmal in der Geschichte und nicht nur an der Ahnenwand der Universität Münster." „Aber dazu wird es nicht kommen. Seine Arbeit ist zerstört. Ich habe
das Buch gelöscht. Sie werden nichts mehr finden. Weder im Institut noch bei
ihm zu Hause", erschöpft, aber zufrieden mit dem Erreichten ließ sich Doktor Temming im Stuhl zurück fallen und schwieg. „Ich befürchte, dass er bei
einigen seiner Kollegen auch noch Zuspruch für die Tat findet", flüsterte der
Kommissar seiner Kollegin zu.

---

6. Tag   *1. Kapitel*
Nachklang

Am frühen Morgen dieses Montags war der Kommissar bester Laune.
Noch nie in den vergangenen Wochen war seine Stimmung besser gewesen.
Bevor er sich das Frühstück machte, hatte er sich die Zeitungen vom Tage
besorgt. Die Titelblätter hatten diesmal nicht die Wortblasen wahlkämpfender
Politiker zu bieten, sondern einen echten Mord. Die Aufklärung der Tötung
von Professor Doktor Neuhaus bildete den Aufmacher und Oberstaatsanwalt Große-Glanemann sowie Polizeipräsident Hans Winter waren auf den

Fotos bei der Pressekonferenz in epischer Breite abgebildet. Bei schwarzem Tee und Vollkornbrot las der Kommissar sich die Berichte der lokalen Journalistenelite durch. Auch die sogenannten Hintergrundinformationen und die Interviews mit Oberstaatsanwalt und Polizeipräsident ließ er dabei nicht aus. So manches Mal mußte er dabei laut auflachen oder schmunzelte über die weisen und tiefgründigen Erklärungen der Fachleute. Merkwürdig war nur das Gespräch eines Journalisten mit dem Dekan der Universität zum Thema Wissenschaftlerstreit und Freiheit der Forschung. Aber das vergaß er schnell wieder. Bei Ankunft in seinem Büro fand er eine Flasche Sekt und Blumen auf seinem Schreibtisch vor. Nachdem er seine Tasche abgelegt hatte, rief er seine Kollegin Dierkes an und bestellte sie zu sich. „Schönen guten morgen, Frau Kollegin. Hier ein kleiner Dank für Ihre Hilfe", bei diesen Worten reichte er ihr den Blumenstrauß hinüber. „Oh, der ist schön. Danke." „Da hat der Pressesprecher mal etwas Phantasie gezeigt, bei seinen Mitteilungen fehlt sehr häufig einiges davon", bemerkte er und machte sich an der Sektflasche zu schaffen. „Schauen Sie mal da ins Regal, hinter dem Ordner für unerledigte Fälle, da stehen zwei, drei Gläser", beauftragte er die Kollegin. „Aber Herr Kommissar, das geht doch nicht, außerdem soll ich gleich.." „Quatsch, Sie bleiben heute hier, der Bericht mit allen seinen Anlagen muss geschrieben werden. Dazu brauche ich die fachliche Unterstützung durch Sie. Sie haben doch die Ermittlungen mit durchgeführt. Nachher vergesse ich noch etwas." Bei diesen Worten schenkte er den Sekt in die Gläser ein und reichte der Polizistin eins hinüber. „Alkohol am Montagmorgen auf der Arbeit!" „Wir sind doch nicht die Fernsehpolizisten. Außerdem haben wir gestern schwer gearbeitet." „Eines kann ich nicht verstehen." „Was, denn liebe Kollegin?" „Dieser Mord, da hat doch der Mitarbeiter seinen Chef getötet, nur weil der eine neue Idee hatte? Das versteh ich nicht." „Hm, der schmeckt gut, da hat sich jemand ausgekannt", bemerkte anerkennend der Kommissar. „Aber die Tat ist für mich auch nur verständlich in so einem Kosmos wie einer Universität. Da hauen die Herren Professoren und Doktoren sich gegenseitig mit ihren Theorien, Überlegungen und Ideen. Die schreiben ihre Texte und glauben, die Welt neu entdeckt zu haben." „Oh ja, klar, wenn jeder nur schaut, wie er den anderen mit seiner Theorie oder Überlegung eins auswischen kann, dann passiert so etwas. Aber es war doch, wie ich den Täter verstanden habe, etwas Neues, Anderes, an dem der Professor schrieb." „Mit dem Buch, wir haben davon ja nichts mehr gefunden, wollte der Professor wohl die Fronten wechseln. Weg vom angestammten Lager, in dem er groß geworden war, hin zu einer Truppe von kritischen Geistern." „Und das sahen die Herrschaften an der Uni als Gefahr für ihre Ideen und Gedankengebäude an." „Dem stimme ich zu, Frau Kollegin." „Aber wie sähe das denn aus, wenn es so etwas in der Wirtschaft gäbe. Der eine entwickelt zum Beispiel in einem Chemiewerk, bei BASF hier in Hiltrup, eine Idee, ein neues Produkt und ein anderer erschlägt ihn, weil es sein Produkt verdrängen würde." „Ach, je, so was hat´s bestimmt schon gegeben. Der Neid der Menschen und die Angst vor dem Abstieg sind ein starker Moment für unüberlegte Taten." „Dort wäre so etwas eher zu verstehen, denn in einem Unternehmen, in einem Labor, geht es um den Arbeitsplatz, aber an einer Universität?" „Nun, da geht es um Professorensitze, Institutspöstchen und Forschungsgelder. Das sind auch Gründe, zumindest für unsern Täter", erklärte der Kommissar. „Aber nicht für mich." „Nicht für Sie und mich, aber für den Doktor und seine Theorien vom Mittelalter reichte es aus, um seinen Professor zu töten und sein Buch zu vernichten." „Was der Professor schreiben wollte, werden wir wohl nie mehr erfahren." „Wahrscheinlich. Aber, nein, da gäbe es eine Möglichkeit. Geben Sie mir mal das Telefonbuch rüber, es liegt auf dem Regal." Die Polizistin stand auf, merkte dabei die Wirkung des Sektes und ging entsprechend vorsichtig zum Regal, um das gewünschte Buch zu bringen. „So, dann wollen wir mal einen Versuch starten", meinte der Kommissar, als er im Telefonbuch nach einem Namen suchte. „Ah, hier ist es", dachte er laut, als er fündig geworden war. „Wissen Sie, wir haben doch in Münster einen großen Verlag, den Aschenhof-Verlag. Den werde ich mal anrufen und nach dem Buch des Professors fragen." Dann griff er zum Telefon, wählte eine Nummer und wartete, bis sich jemand am anderen Ende meldete: „Hallo, schönen guten Morgen, hier Oberkommissar Schimpanski ...", sofort wurde er unterbrochen, „Ja, der, genau der mit dem Mordfall ...", wieder folgte eine Unterbrechung, „Genau, geschnappt und im Knast, ja genau." Der Kommissar verdrehte die Augen, sein Gegenüber am anderen Ende der Leitung schien kein Ende zu finden. „Frau, ... Frau, ich muss jemanden von der Geschäftsleitung sprechen!" Er wartete auf die Folgen seiner Wunsches, die Stimme war weg und eine dieser überfreundlichen Kunststimmen mit hinterlegter Musik bat um etwas Geduld. Die Ruhephase dauerte jedoch nur wenige Sekunden, dann wurde eine Stimme hörbar: „Herr Kommissar? Sie wünschen den Herrn Geschäftsführer zu sprechen? Ja sofort!" Es folgte erneut die künstliche Damenstimme. „Ja, hier Aschenhof persönlich, freue mich ganz besonders, mit Ihnen sprechen zu dürfen." „Danke Herr Aschenhof. Ich möchte Sie auch nicht zu sehr stören. Ich habe nur eine Frage." „Fragen Sie, ich werde ihnen gerne Auskunft geben." „Hatte Ihr Verlag einen Vertrag mit Herrn Professor Neuhaus über ein Buch?" „Öh, hm, das weiß ich konkret nicht, aber warten Sie mal", die Stimme war wieder weg und die Damenstimme wünschte erneut Geduld. Während der Kommissar am Hörer wartete, machte seine Kollegin Zeichen, dass sie gerne mithören würde. Deshalb drückte der Kommissar die Lautsprechertaste. „Hallo Herr Kommissar?" „Ja, hier am Hörer" „Ich habe mich vergewissert, nein, leider nicht." „Kein Buchprojekt mit dem Professor?" „Nein, leider nicht. Das wäre ein schönes Geschäft gewesen." „Wurden die Bücher des Professors gut verkauft?" „Und wie, deren Auflagen waren sehr gut. Seine populärwissenschaftlichen Bücher gehen sehr gut. Ein solches Angebot hätte sich kein Verlag durch die Finger gehen lassen." „Aber ihr Haus hatte mit ihm keinen Vertrag?" „Nein, leider nicht. Aber, ehrlich gesagt, das wäre auch ein ziemlicher Brocken für uns gewesen. Allein der Druck der Auflage, das sind Investitionen, die erst mal wieder herein kommen müssen. Dazu die Werbung und Veranstaltungen mit dem Autor, da kommt einiges an Kosten zusammen. Aber der Absatz wäre auch gut und sicher gewesen. Alle Bibliotheken und Büchereien würden das Buch erwerben und dazu Kollegen im In- und Ausland. Und für die Studenten an den Historischen Fakultäten wäre das Buch bestimmt eine Art Pflichtlektüre." „Ich verstehe. Ein Buch des Professors wäre ein gutes Geschäft gewesen, jedoch eher für einen großen Verlag zu stemmen." „Genau, Sie sagen es", bestätigte der Verleger. „Eine Gegenfrage: Wie kommen Sie zu dieser Überlegung? Hat das etwas mit Ihren Ermittlungen zu tun?" „Ach, das ist nur ein kleiner Randaspekt. Ich sitze hier über meinem Abschlussbericht und wollte nur eine Bestätigung, wie interessant so ein Angebot für einen Verlag wäre." „Ah, ja, ich verstehe. Diese haben Sie ja hiermit erhalten. Also dann, danke ich für den Anruf und ich hoffe, Ihnen geholfen zu haben. Viel Erfolg bei ihren zukünftigen Fällen." „Vielen Dank für Ihre Hilfe, Herr Aschenhof." „Schade, dass es nicht geklappt hat, jetzt werden wir doch nie wissen, was er schreiben wollte", bemerkte Kommissaranwärterin Dierkes. „Aber wir werden bald wieder einen Fall haben und diesen hier schneller vergessen haben als wir es jetzt vermuten", der Kommissar trank den letzten Schluck aus seinem Glas, „So, genug der Überlegungen, jetzt wartet nur noch der Bericht zum gelösten Fall auf uns."

6. Tag   2. Kapitel

Fundsache

Jetzt war Walter Dickmann im Allerheiligsten der Münsteraner Mediävisten angelangt, der kleinen Bibliothek mit den Originalen und frühen Kopien mittelalterlicher Texte. Dieser Mief der Jahrhunderte in der Raumluft, der Staub auf den alten Büchern, das alles ergab ein heimeliges Gefühl, als würden ihn die Staubkörner einzeln begrüßen. Durch die Anweisung von Professor Neuhaus war den Mitgliedern des „Vereins für wissenschaftliche Geschichtsarbeit" die Nutzung dieser Bibliothek verboten worden. Nach seinem Tod hatte sein geschäftsführender Stellvertreter, Professor Mertens, unverzüglich dieses Verbot aufgehoben. Mit übergestreiften weißen Schutzhandschuhen suchte er die Regale nach einem bestimmten Werk aus der Hand eines unbekannten Schreibers. Beim Betrachten der Buchrücken fiel ihm etwas Merkwürdiges auf, zwischen den ansonsten akkurat ausgerichteten Büchern stand eines in der obersten Reihe etwas vor. Er ging hin und betrachtete sich den Buchrücken genauer. Nein, der Titel sagte nichts aus. Auch die Buchform war nicht anders als die der daneben stehenden Werke. Aber es musste verrückt worden sein und man hatte es nicht wieder zurück geschoben. Warum nur? Bibliothekar Julius Harmonikus ist doch sonst so akkurat mit seinen wertvollen Schätzen. Oder, besser, wer hat es so verrückt, ohne das „Harmo" es gerichtet hatte? Ohne groß weiter zu überlegen, griff Walter das Buch aus der Reihe heraus. Das war nicht so einfach, es hatte ein stattliches Gewicht und er mußte sich trotz seiner Größe auf die Zehenspitzen stellen, um es richtig greifen zu können. Das Buch wieder sauber ins Regal zurück zu schieben, ging nicht. Irgend etwas lag hinter dem Buch und verhinderte dies. Jetzt wurde Walter richtig neugierig, was mochte dort verborgen liegen? Er nahm das schwere Buch vorsichtig aus dem Regal. Staub rieselte ihm entgegen, legte sich aber auch auf die entstandene freie Fläche. Nachdem er das Buch auf einen Tisch abgelegt hatte, schaute er in die entstandene Lücke hinein. Nein, da war nichts. Oder? Doch! Ganz hinten erkannte er etwas, einen braunen Briefumschlag, etwas verkeilt zwischen einem Buch und der Regalrückwand. Passte deswegen das Buch nicht richtig in die Lücke? Schnell sprang er zu einem Stuhl, griff ihn sich und stellte ihn an das Regal, direkt vor die geheimnisvolle Lücke. Auf dem Stuhl stehend griff er sich den Briefumschlag. Keine Anschrift, kein Absender, kein Hinweis auf den Inhalt. Am Tisch sitzend, öffnete der Student langsam den Umschlag und liess den Inhalt auf die Tischplatte gleiten. Eine schwarze Diskette lag vor ihm. Auch auf der Diskette fehlte jeder Hinweis auf den Inhalt. Noch nie hatte Bibliothekar Julius Harmonikus einen seiner Studenten so schnell aus dem Allerheiligsten heraus kommen und durch die Tür zum Flur verschwinden sehen. Walter Dickmann war selten so schnell aus der Bibliothek in sein Zimmer gekommen. Ohne groß auf anderes zu achten, ließ er seinen PC hochfahren. „Komm schon, mach hinne", regte er die Byts und Bits in der grauen Kiste zur Höchstleistung an. Diese hielten sich jedoch eisern an die eigene Geschwindigkeit, so dass Walter immer nervöser wurde. Dann war auch das letzte Programm geöffnet und der Computer startbereit. Er legte die Diskette in das Laufwerk und klickte das Laufwerk-Symbol an. Ein Ordner, ohne Angaben zum Inhalt öffnete sich, der sofort denselben Befehl erhielt und mehrere Dokumentensymbole, ebenfalls ohne Hinweise, leuchteten im Monitor auf. Er blickte sie durch und klickte auf das mit der höchsten Speicherleistung. Walter schaute gebannt auf den Bildschirm, sein Nervenkostüm war zum Zerspringen angespannt, er konnte es schon nicht mehr aushalten, dieses Warten auf das Öffnen des umfangreichen Dokuments. Dann wurde der weiße Bildschirmhintergrund sichtbar und in schwarzer Schrift konnte er lesen: Professor Doktor Carolus

Neuhaus: „Geschichtswende" - „Warum das frühe Mittelalter neu geschrieben werden muss".

Liste der Akteure:

Doktor Carolus Neuhaus.. *Professor, Koryphäe der Mediävistik*
Leiter des „Instituts für Frühmittelalter" an der WWU
Doktor K.H. Mertens...................................... *Professor, Vertreter von Prof. Neuhaus*
Stellv. Leiter des „Instituts für Frühmittelalter"
Doktor Heribert Temming......................... *Mitarbeiter von Prof. Neuhaus im Institut*
Doktor Caroline Dickens...............................*Stadtarchäologin, Stadtmuseum Münster*
Doktor Gilbert Rommé .... *Leiter Stadtmuseum Münster*
Ausstellung: „1200-Jahre-Liudger"

Eleonore Dieckmann.. *Sekretärin von Prof. Neuhaus*
Julius Harmonikus .... *Bibliothekar im „Institut für Frühmittelalter"*
Doktor Hubertus Willing.................................... *Vertreter einer besonderen Theorie*

Adelheid Neuhaus... *Ehefrau*
„Lola", Renate Meier .... *Prostituierte*

Siegbert von Telgte... *Student bei Prof. Neuhaus,*
Tassilo von Telgte....................................... *sein Vater, Immobilieninvestor,*
Doktor Droste-Fischring.. *Rechtsanwalt*

Eduard Schimpanski.............................. *Oberkommissar im Polizeipräsidium Münster*
(„Schimpi", „Eddi") .... *Leiter der Ermittlungen*
Katja Dierkes........................*Kommissaranwärterin, muss fehlende Kollegen vertreten*
Schulze-Beckmann.....................*Professor, Rechtsmediziner an der Universitätsklinik*
Schulze-Binder .... *Staatsanwalt*
Elmar Koch ....*Polizeirat, Chef von Oberkommissar Schimpanski*
Cordula Nolte...*Sekretärin von Polizeirat Koch*
Große-Glaneburg... *Oberstaatsanwalt*
Hans Winter................................*Polizeipräsident, ein „Grüner" auf hohem Posten*

Dagobert (Daggi) Wilmsburg.. *Copi-Cafe-Besitzer, „Ermittler"*
Karl-Rudolf Blümcke .... *Pförtner des Präsidiums*
Winfried („Winni") Timmermanns...........................*Kriminalkollege von Schimpanski*
Peter Lohmann.........................*Kollege, Fachmann für nächtlichen Erkenntnisgewinn*
Walter von Theile........................ *Warendorf, Autor eines Textes im „Semesterfokus"*
Katrin Schmidt ....*Schimpanskis ehem. Freundin*

Aus dem „Verein für wissenschaftliche Geschichtsarbeit"
Walter Dickmann...*Student*
Klaus-Dieter Thau... *Student*
Josef Lindenbaum..*Student*
Georg Jansen ....*Student*

Weitere Bücher von Werner Thiel:

Liebe Lüge Abenteuer

Die aufgehende Sonne taucht das Münsterland in ein ruhiges, rötliches Licht. Sie meint es gut mit Greven. Das kleine Dorf an der Ems liegt zufrieden in der Wärme dieses Sommers. Knechte, die schon ans Tagwerk gehen, achten nicht auf die leichten Staubwolken über der Chaussee im Osten. Mit jeder Minute steigen diese Wolken höher, werden dichter und behindern die Sonnenstrahlen in ihrer Leuchtkraft. Die Geräusche im Dorf überdecken noch die näher kommenden Hufschläge der Reiter. So ruht das Dorf über der Ems ohne die kommenden Ereignisse zu kennen. Eine spannende Geschichte basierend auf historischem Hintergrund.

Grevener Grenzgänge, *Taschenbuch, 127 Seiten,*
2 Karten ISBN: 3-8334-1047-7
Preis 6,90 Euro

Kirche Krone Kriege

Münster im 13. Jahrhundert. Der neue Bischof von Münster muss sich gegen den Adel und deren Ansprüche wehren. Hierbei setzt er nicht nur auf seine militärische Macht sondern nutzt auch andere „Waffen".

Schwert aus Pergament, *Roman, 198 Seiten*
ISBN 3-928852-30-2
Preis 7,90 Euro